U0907777

Writing My Wrongs

沙卡的救赎

[美]沙卡·桑戈尔(Shaka Senghor)/著　程静/译

北京联合出版公司
Beijing United Publishing Co.,Ltd.

图书在版编目（CIP）数据

沙卡的救赎 / (美) 沙卡・桑戈尔著；程静译. --北京：北京联合出版公司, 2017.5

ISBN 978-7-5502-9987-0

Ⅰ. ①沙… Ⅱ. ①沙… ②程… Ⅲ. ①长篇小说—美国—现代 Ⅳ. ①I712.45

中国版本图书馆CIP数据核字(2017)第063454号

北京市版权局著作权登记号：图字01-2017-2026

沙卡的救赎

Writing My Wrongs

著　　者：[美]沙卡・桑戈尔

译　　者：程　静

出 品 人：唐学雷

责任编辑：喻　静

封面设计：平　平

装帧设计：季　群

北京联合出版公司出版

（北京市西城区德外大街83号楼9层　100088）

北京联合天畅发行公司发行

北京盛通印刷股份有限公司印刷　新华书店经销

字数190千字　880毫米×1230毫米　1/32　8.375印张

2017年5月第1版　2017年5月第1次印刷

ISBN 978-7-5502-9987-0

定价：32.80元

开场

密歇根州，马尼斯蒂市，橡树监狱
2001年

▼

我盯着镜子里的自己，看着眼泪沿脸庞缓缓滑下，每一滴泪里都饱含着童年经历的痛苦和耻辱。我被罚单独监禁四年半，现在是第二年。我终于从内心最深处开始了反思，原来，当真正的宽恕来临，一切竟是如此神圣而清明。

我走到牢房门口的洗脸盆前。这间牢房很简陋，一块砖砌的板子，铺上绿色的塑料床垫，便是我的床。镜子是一片抛光的不锈钢，因为监狱里不能有真正的玻璃镜。

我盯着镜子里那个伤痕累累的自己，心里知道，不论救赎的过程多么冗长与繁琐，我都必须与过去和解，也必须将塞满愤懑和自怨的伤口彻底敞开。童年时，那些取笑我的头长得像南瓜灯的人，我原谅你；那些笑话我咧嘴时露出大牙缝的人，我原谅你；我用手抚着满头长长的脏辫，原谅了所有曾经管我叫“毛头”的人。藏匿在往事中的字眼，像失控的子弹一样在我的脑海里四处迸射，一如当年，让我痛苦难当。

小的时候母亲常常体罚我，导致我稚嫩的肌肤时常被皮带抽破，火烧火燎地疼，那感觉记忆犹新，可是我选择原谅。我原谅她，虽然在我最需要的时候她从来不在我身边。我原谅那个在我十七岁时对我开枪的人，虽然他让我从此枪不离身。我原谅所有手足与兄弟，尽管他们在我人生陷入最低谷的时候对我不闻不问。

心防轰然倒塌，我哭了，哭得比任何时候都要伤心。与此同时，一阵宁静的感觉涌上心头，仿佛永恒存在般，冲刷着不堪的往事留在我心间的怨毒和仇恨。

人们曾经说过，宽恕具有治愈的力量。可我现在才明白，**宽恕不仅仅是原谅别人，更是原谅自己。**我必须让自己放下愤怒和恐惧，不让往事对我一遍又一遍地加以伤害。我必须原谅我憎恨的人，可是最重要的是，我必须原谅我自己。

对我而言，这简直比登天还难，因为我并不觉得自己应该被原谅。我是个杀人犯，毁了别人的幸福，伤了家人的心，这一切如同一件汗湿的T恤，紧紧糊在我的身上。但是在内心深处，**我明白要善待别人，首先必须善待自己。为了获得原谅他人的能力，我必须首先卸下重担，原谅自己带给这个世界的所有伤害。**

读了詹姆斯·艾伦[①]的著作《人如其所思》之后，我懂得每个人都要对自己的想法以及随之而生的情绪负责。别人怎样对待我并不重要，说到底，该对我的愤怒和在怒气驱使下所做之事负责的人，应该是我自己。

这一切造就了此刻的我：在密歇根西部的一间单独关押监禁犯人的211号牢房里，从模模糊糊的镜子里望过去，那一张疤痕累累的人脸。此刻的我站在一段新历程的起点，它的终点在八年以后，也是我做好准备给我的被害人写一封信的时候。

那时候，我刚刚上完一个为暴力犯罪分子制定的课程，准备第二次见假释委员会，为自己争取假释。可是我知道，如果想平静地生活下去，还有一件事必须要做。我需要与被我夺去生命的那个人和解。（出于对被害人的家人和他们隐私的尊重，在此使用了化名。）

亲爱的克拉克先生：

写这封信给你，是为了将我这些年来的感悟与你

---

① 詹姆斯·艾伦，1864年出生于英国莱斯特，著名作家，被誉为20世纪“人文科学领域的神秘者”“心灵导师”。

分享。在过去的许多个夜晚，我总是无法入睡，就那样躺在床上，在脑海里为这封信遣辞造句。每一次我又会在脑海中把纸张揉成一团，因为我发现自己根本找不到合适的字眼，能表达我对夺走你生命而产生的深深歉意。我知道，道歉终归于事无补，因为是我夺走了你的生命，让你和家人阴阳永隔。

每当回想起那个晚上，我总忍不住问自己："为什么我不直接走开了事？"等我终于想明白答案，同时也第一次懂得了"弱小"和"强大"这两个词的真正含义。你瞧，活了这么多年，我竟然一直把这两个词的意思搞混了。**从前，我认为躲避冲突是懦弱的行为，是输家的表现。但实际上，避开冲突的锋芒才需要莫大的勇气。**遗憾的是，当时的我没有那样的勇气，我害怕恐惧掌控了我自己。从朝你开枪的那个晚上再往前推十六个月，我也在一次类似的事件中遭到枪击。我侥幸活了下来，却陷入恐惧和多疑而不可自拔。我觉得这种事随时随地可能重演，进而变得暴躁易怒，因为怒气是唯一可以掩盖恐惧的情绪。

与你发生冲突时，我心里早已打定主意要开枪。我对自己说，与其吃枪子儿，还不如做开枪的人；我还告诉自己，口袋里的枪是唯一真正能够保护我自己的东西。在我看来，开枪比掉头走开更简单。十七年后的今天，我才明白自己错得多么离谱。

这些年来，我一直认为自己是被你激怒才开的枪。现在我明白了，别人无法逼迫我产生自己不需要的情绪。我曾经把你的死归咎于我们都喝多了，可是如今我幡然醒悟：早在遇见你之前我就决定了，谁对我有威胁就冲谁开枪。尽管我在法庭上认了罪，在心底里却仍对一切人和事心存抱怨（除了对我自己以外）。我知道自己触犯了法律，所以认起罪来很容易，但这并不能说明我对你的死担起了应负的责任。

直到被监禁的第十年，我才尝试着从不同的角度去看待事情。从学着宽恕自己犯下的错误那一刻起，救赎的过程也随之开始了。不过，真正的改变却是在那一年之后。那年，我十一岁的儿子在写来的信中说，他知道了我坐牢的真正原因。想到自己在儿子的心目中竟是一副杀人犯的嘴脸，我开始不得不直面现实：**夺走你的生命和我的自由的，正是我自己的想法和选择。**

如今回首往事，我多么希望一切能够重来。真希望你能起死回生，好让你的孩子体会依赖在爸爸身旁的踏实和安全感，好让你的妻子享受丈夫的陪伴，好让你的父母见到你实现梦想的模样。

我错了，请宽恕我。

我知道，一句道歉绝对不可能真的让你起死回生，但是我相信救赎的力量。**我开始学会对自己的行**

为负责，在我生命的每一天，尽我所能为这个被我伤害过的世界做出补偿。在过去的五年里，我积极加入反暴力组织，帮助那些处于危机中的青少年；我发挥写作方面的才能，将我的故事——应该说是“我们的故事”——说给更多人听，希望能为人们带来一丝启迪，帮助他们在生活中做出更好的选择。我无力改变自己过去的累累恶行，只是想告诉你，你的生命不会白白浪费，永远也不会。

我是从你的教母韦弗太太那里第一次体会到宽恕的力量的。在我被监禁的第五年，她寄来了一封信，说她想知道那晚到底发生了什么，换句话说：为什么我会朝你开枪？我很难将答案说出口，可是我知道，你的家人需要有一个了结。我把冲突的过程告诉了韦弗太太，只是没有提及冲突的起因是一次毒品交易（我认为没有必要将你生活中的另一面暴露在她们面前）。我告诉她，你不该死，如果能改变那个夜晚发生的事，我愿意付出一切代价。

两个星期后我收到韦弗太太的回信。她原谅了我，并鼓励我寻求上帝的宽恕。我记住了她的话，只是从那时候起，直到真正原谅自己这一步，我走了漫长的五年。但是我真的做到了。如今，我忍不住要想，也许促使我发生真正改变的第一股力量，正是来自韦弗太太的关切。

我知道，尽管我已经洗心革面，也开始朝着弥补错误的方向迈出了脚步，但我仍有很多事情要做。不过，现在最重要的是，**在有幸活着的每一天里，我都希望自己过得有目标，有意义。**

沙卡

敬上

第一部分

1

密歇根州，底特律市，韦恩郡监狱
1991年9月11日
▼

警报器的尖啸骤然刺破清晨的宁静，把我从梦中惊醒。我从扎人的羊毛毯下钻出来，站起身，凑到自己单人牢房的门前，一只肥蟑螂正在冰冷的灰色栏杆间探寻前进的方向。我冲着走廊大声喊话，想知道发生了什么事。

“嘿，撒旦，他们拉那该死的警报干什么？”我一边擦着结在眼角的眼屎，一边问。

这里的人都管牛郎叫作撒旦。我不常跟人说话，但他是少数的例外。监狱是个无情无义的地方，所以我和其他囚犯很少来往，只有那人跟我有共同点，除了同为阶下囚之外的共同点。我和牛郎来自不同的城市，但是成长环境相似，而且被关押在郡监狱的时候，我和他曾有过一些交情。

“不知道啊，哥们儿，”牛郎隔着几间牢房回答，“还能有啥新花样？兴许是睡得不爽，想搞搞我们的屁股。”几个犯人哄笑起来。

牛郎说出了大部分在这儿关禁闭的犯人的心声。狱警一定会使出浑身解数折磨我们，对此我们深信不疑。

他们拿钥匙把栏杆敲得“砰砰”作响，半夜里把这地方搞得灯火通明，在我们努力入睡的时候扯着嗓子聊天。兴许他们以为，这样能对我们形成恐吓，但老实说，这真是大错特错。我们这些人见惯了暴力和凌辱，早早便不知尊重为何物，麻木了。再者说，把人当畜生一样对待，还怎么能指望他洗心革面呢？在我看来，犯人进来是什么德行，出去还是什么德行，警察们不过是自己给自己找麻烦而已。

另一个犯人从远远的走廊那头嚷嚷起来：“兴许是要把你们弄到别的郡监狱去。”

“为什么是我们？”牛郎有点恼火。

“伙计，越狱这种操蛋的事儿他们可忍不了。这儿就你们干过。”他指的是我和牛郎越狱的事，也是我们在这儿关禁闭的原因。

又一个声音在走廊的尽头响了起来。“他妈的黑鬼，要你多管闲事。你懂个屁，别瞎嚷嚷。不会是和警察一伙吧？尽扯那没边的。你怎么知道这几个兄弟越过狱？是想让黑鬼背上这些操蛋的黑锅还是怎么？”

大伙儿哄堂大笑。

“兄弟，我只是说说而已。”第一个犯人结巴起来。

“说说也不行，赶紧闭上你的鸟嘴！”又是一阵笑声。

我坐在床铺的角落里，听着犯人们你一句我一句地议论着。警报声仍旧响亮而刺耳。听着两个陌生人有鼻子有眼地谈论我的罪行，这感觉挺怪的。一周之前，被关在韦恩郡监狱六层的牛郎、吉、白男孩、加波和我被控告企图越狱，然后就被关到这个地洞里。虽然没有确凿的证据，可是仅凭一个犯人的密报，我们就被认定有罪，要关十五天的单独监禁。

关到这儿两天后，我们挨个被一位内政事务司的官员叫去谈话。他先是用长期单独监禁威胁我们，然后又信誓旦旦地承诺了一大堆的好处，不过前提是要我们互相揭发。我们都拒绝回答有关越狱的任何问题。然后呢，内政事务司把这个事情放下了，但是韦恩郡政府又来了一位特派调查员，说白了就是郡政府内部一个有自主权的、集法官和陪审团于一身的官员，他认定我们有罪。这事儿够讽刺的，我们被逼得简直翻不了身。不论是在拘留所还是在监狱，哪个犯人要是被秘密线人检举揭发，那可就惨了，有多少黑锅都可以扣到他头上来。不过要是有证人能证明我们无罪，那他们的揭发可就不管用了。

我们的越狱差一点就大功告成，这事儿的确让韦恩郡治安官办公室感到焦头烂额，不过事实证明，此刻响个没完的警报声，却是出于更加凶险的原因。

警报声在呼啸半小时后戛然而止，空气突然怪异地安静下来。很快，我们就听到钥匙碰撞的声音，还有警卫对讲机里传来的焦急的说话声。这些嘈杂的声响我们平时早就听惯了。

一队警卫——叫他们打手更合适——猛地从走廊尽头的门外冲进来，把我们一个个从牢房里拽了出去。他们脸上挂着各种各样的表情：震惊、悲伤和愤怒兼而有之。来拉我的警卫是这儿屈指可数的、被大家公认的好人。警卫们大多以折磨我们为己任，只有这一位，知道我们这些人处境悲惨，所以他会调节气氛、讲笑话、说八卦，有时候还会在我们这层的门上留条缝儿，再打开收音机调到底特律 FM98 频道，播放嘻哈和 R&B 音乐。这些举动看起来没什么，却为关禁闭的犯人驱散了许多枯燥和乏味。

可是今天不同。他命令我从牢房里出来的时候，满脸都写着警惕。我问他发生了什么事，他踌躇了片刻之后才回答："有人开枪打死了迪克森警官。"

"他们觉得我们跟这事儿有关联？"我追问道，试图在脑子里拼凑事情的前因后果。

"不，"他小声答道，这时候另一位拿着手铐的警卫走了过来，"只是预防。"

事后知道这事儿的来龙去脉时，我们也和这些警卫一样大惊失色。听管理监狱的官员说，郡监狱里有个犯人试图越狱，还成功地把一把枪偷偷弄进了牢房。据说，他徒手编了根绳儿，从窗户里抛出去，让下面街道上的某个人将枪绑在了上面。搞到枪的那天，正好轮到他上法庭，去法庭的半路，他拔出枪来打算逃之夭夭。一场恶斗之后尘埃落定，大家却发现迪克森警官已经躺在地上，死了。

在被逮捕并被定为二级谋杀罪之后，我在韦恩郡监狱被关押过六周，期间目睹了种种惨无人道的恶行，包括强奸、抢劫和谋杀等。这一切再次让我警醒，在伤害别人这种事情上，犯人们绝对创意十足。只是当时的我并不知道，自己所见到的不过是暴力事件的冰山一角而已。

2

密歇根州，底特律市警察总部
六周前
▼

六周前的我，正坐在博比安街警察总部一间肮脏昏暗的牢房里。这是我成年后第二次被捕，也是到目前为止我短暂的街头生涯中最严重的一次。从前我会被送去分局或青少年之家，然后直接放回家去。但是那种好日子一去不复返了。这一次我犯的事儿，不是吸毒，也不是攻击他人这类没啥意思的小案子。这一次我犯的是谋杀罪。

十九岁生日过完刚一个月，我就正式加入了“犯罪分子大联盟”。再也不会有温和的惩戒和法官恼怒的警告，也不会有教导员看中我的潜力为我提供救助。假如这一次输了官司，我就得把牢底坐穿。现实如此残酷，可是我这颗年轻的头脑还没做好思想准备。

栏杆一阵“咔塔”作响，让我突然醒过神来。我扯开一直盖在头上的衬衫，看见一个白人警官站在牢房的栏杆前，满脸“别废话”的表情。

“起来，穿好衣服，”他厉声说，“你要被转到韦恩郡监狱去。”说完他转过身，沿着过道一边走，一边把同样的套话说给另外十几个不幸的家伙听。

“韦恩郡监狱”，这是每一个小偷和街头混混听到后都会心惊肉跳的词。这座监狱里如何暴力肆虐，腐败横行，叫人绝望，早已成了传奇。那是一栋七层楼的建筑，位于圣安东尼街，外观平平无奇，里面却是个弱肉强食的世界。在二十世纪八十年代早期，在“小男孩联盟”（底特律主要的贩毒集团之一）的全盛期，这个监狱就因为频繁的暴力事件而名声大涨。监狱的每层楼都以《变形金刚》中的一个角色来命名，里面随时可能发生无端的攻击，并且都是来自其他犯人。这里抢劫、殴打、强暴比比皆是，每个关进来的人都可能成为他们砧板上的一块肉，几乎没人能够确保自己全身而退。

我挣扎着从狭小的床铺上起身，急急忙忙套上鞋子，走到栅栏前，一边把穿了八天的衬衣往身上套，一边朝布满灰尘的过道看去。

警官们将其他犯人的房门打开又关上，金属声锵然作响，连带着墙壁也跟着一块儿震动起来。他们领着犯人沿过道走向一间临时牢房，让他们在那儿等着转狱。

很快就轮到了我。警官打开牢房门，我拖着脚，沿着走廊慢吞吞地走着，同时还得一边抓着短裤的裤头，一边尽量把鞋子穿稳（进来的时候，皮带和鞋带都被他们收走了——为了保证我们不会上吊寻死或是勒死别人。）我来到入口处的桌前，他们归还了鞋带、皮带和一沓钱，被逮捕时那些钱就在我的口袋里。那厚厚的百元和二十元纸钞，让我想起了被抛在身后的城市街道。钱放在手里还有点儿分量，让我浑身像过电一样兴奋了起来。可马上又想到，我恐怕再也见不到底特律的街道了，这股兴奋劲儿瞬间烟消云散。

走到过道的尽头，一位警官把我推进了临时牢房里。里面已经有十几个正在等待的犯人，大部分是二十出头到二十五六岁的年纪。从这些人的表情来看，他们应该和我在想着一样的问题：我们是怎么混到这一步的？我们的人生是不是可以活成另外一副模样？

我戴着手铐站在那儿，任由思绪飘忽到了童年。还记得妈妈第一次问我长大后想做什么，我说想当医生。我要帮助别人恢复健康，补好他们断掉的骨头，还要给打针的孩子送气球和棒棒糖。

可是看看眼下的我，那个穿着白大褂、戴着听诊器的我立马消失不见了。我靠着肮脏的墙壁站在那儿，琢磨着这一次是否还有机会再出去。我需要的只是最后一次自由，最后一次改过自新的机会。

这样的想法不是第一次从我的脑子里冒出来了。当年因为严重人身攻击和占有毒品罪被送往韦恩郡青少年之家时，我曾向爸爸发誓，说出去后一定会重新做人。之后，我也确实像模像样地过了几个月。我被送到肯塔基州的普雷斯顿斯堡，参加了就业团计划[①]，获得高中学历证书之后还做了一段时间木工活儿。但我同时还在干着老本行——一边卖着六美元一克的大麻，一边指挥着一个高利贷团伙。后来东窗事发，我被押送着乘坐最早一班大巴回了家，叫父亲大失所望。

接下来是最近在门罗郡犯的那起案子。我开车去俄亥俄州卖毒品，回来的路上车上装满了现金和一箱子的枪。一个警察命令我们靠边停车，然后以收受和藏匿赃物为名把我们逮捕了。那次被捕后，我告诉自己，在街上混日子也没多大意思，就到此为止吧。但是这个案子搞定后，刚一回到底特律，我又成了老样子。

自由受威胁的时候，我立刻信誓旦旦要改过，但是一恢复自由，又继续瞎混：这已经成了我的套路。十年后，饱经挫折的我终于明白，**只有对自己的行为和行为的后果感到由衷的憎恶，才可能发生真正的改变。**可敬的伊利贾·穆罕默德[②]曾经说过：**“百分之百的不满带来百分之百的改变。”**可是1991年的我只有百分之四十的不满。

① 美国政府为无业青年搞的就业训练计划。

② 美国黑人穆斯林领袖，“伊斯兰联盟”组织的创建者。

我喜欢在街上瞎混，喜欢大把赚钱，肆意飙车，喜欢走马灯似的换女人。总而言之，我很享受自己在街坊四邻里赢得的名声。人们都知道我是个豁得出去的混蛋，如果感觉自己或手下的兄弟受到威胁，任何风吹草动都能让我开枪。我开着车或是走着在附近晃悠，凡是认出我的人，不是心惊胆战就是对我顶礼膜拜，那种感觉简直爽呆了！我仿佛已经成了个威风八面的大人物，一切尽在我的掌握之中。著名的黑人心理学家艾莫斯·威尔逊曾说过：在最糟糕的人群里混成佼佼者，这是年轻的混混们最拿手的艺术之一。我就是活生生的好例子。

我感觉到有人在盯着我，便收回了泛滥的思绪，把注意力转回到临时牢房里。抬眼一看，没错，一个高高瘦瘦的家伙正瞅着我呢。我向他同样报以一瞪，然后走过去问他是不是有什么问题。无论在街头、监狱还是监狱的操场里，我们都得这么干。两个男人目光一碰，就不能再退缩，否则人人都会把你当成废物点心。**在我们的世界里，废物等于是猎物。**

我走到那家伙面前，他却笑了起来。他说他记得我，当时我和我干姐姐住在萨凡纳街。他报出了自己的名字：吉米。我费了半天的劲儿才认出他来，因为自打我们最后一次相见到现在，他的个头往上蹿了好几英寸。我们聊了一会儿老街的事，然后他说听到警察在议论我，他们都惊讶于这么残暴的案子，竟然是这么年轻的一个孩子干的。

一些年长的犯人从四周渐渐围拢过来，想从我们的谈话中捕捉个一言半语。我的年轻、我谈论杀人过程时淡漠的态度，叫他们惊叹不已。一股明星般的洋洋自得在我心里油然而生，受人追捧总是好的，哪怕方式稍微扭曲也不打紧。

这样的心理在被边缘化的黑人和拉美裔男性之中非常普遍。在我们的街区，恶棍等于英雄，是大家追捧的人物。所以我们总是在内裤里塞好塑料袋，腰带上别着半自动手枪，在卖酒的商店门前穷晃悠，实践着我们扭曲的美国梦。

我和吉米正聊着从前的事，两个警察走进来把我们带出大楼，和另外八个犯人一起上了一辆韦恩郡警局的白色面包车。在去监狱的路上，我们几乎个个垂头敛目，一言不发地盯着面包车的金属地板。大家都很紧张，但都用一副镇定自若的面具把紧张遮掩着。我们每个人在各自生活的街角游荡时，就是戴着这副面具。从底特律的街头混混到芝加哥的集团犯罪团伙，从肮脏的南部到洛杉矶和纽约黑帮横行的街区里，我们全都戴着这副面具。这面具似乎在说："老子天不怕地不怕，啥都不在乎，识相的就别挡路。"可是，我们自己很清楚，**面具下藏着的只是一个脆弱的孩子**，他的心中已经没有了一丝热望。

一走进韦恩郡监狱那间局促狭小的"牛棚"里，一股屁股、腋窝和脏到结壳的袜子散发的恶臭便扑鼻而来。通风系统形同虚设，我被臭味熏得眼泪直流。这里正在办入狱手续，我的面前是一群各式各样的犯人。有的一看就是惯于铁窗生涯的老犯人，还有一些瘫软在硬木长椅和漫延着尿液的地板上，正在犯着毒瘾，他们有的蜷曲着，有的颤抖着。也有一些和我年龄相仿的年轻人，正茫然地大睁着眼睛等待着什么。

每过十分钟左右，警卫们就会把另外三到四个家伙叫进一个房间，让他们脱下自己的衣服，换上监狱里穿的绿色囚服。这个时候我正背靠墙壁听犯人们讲故事，每个讲故事的家伙凑巧都顶着主角的光环。按他们的话来说，这儿没有一个瘾君子、诈骗犯或是下三滥，有的要么是霸气蛮横的大毒枭，要么是冷酷无情的都市巨头，能够随随便便把整个世界踩在脚下。

犯人们这么喜欢编故事，大概是因为牢狱生涯既无自由又无尊严，一不小心还会变成神经病，为了排遣愁闷，犯人们会编造与事实截然不同的人生经历，撒些能让自己显得与众不同的谎，好让自己显得比我们这些可怜的倒霉蛋稍微高级那么一点点吧。

我听着房间里的人轮番地吹着牛皮，心想只要能让我回到街上去，和兄弟们一起弄点儿钱，喝点儿酒，让我付出什么代价都可以。不过，警察的声音很快就打断了我的白日梦，他在叫我的名字：轮到我去换衣服了。

我与其他十来个犯人一起，跟着警卫通过走廊走进换衣间。这里的气味之浓烈，简直就像几百斤大便刚刚爆炸过一样。我刚走进去，就被一股恶臭熏得双脚发软。

我们被要求站成一排，然后脱衣服。狱警命令我们把脱下的衣服递给他们，一次给一件，他们接过去之后很有条理地抖动一番，检查其中是否夹带有违禁品。

脱个精光之后，我们按照命令将双手举过头顶，抬头，转身，把屁股蛋亮出来。我终于明白了这个房间的气味为什么如此可怕——这地方一年到头得接受多少个臭屁眼的洗礼啊。

不一会儿，我就拿到了自己的绿色囚服。他们把这些天来我一直穿着的内裤和袜子也还了回来，这些是唯一被允许带进来的私人衣物。我把它们重新穿在身上时，不由得想到在将来的许多个日子里，我就彻底与自由无缘了。不过，人性的丧失是一个漫长的过程，这才仅仅是个开始。如同穿越地狱之火的但丁一样，我在这里所见、所参与的种种——比如被压迫者对压迫者的反抗，狩猎者对猎物的追逐，精神病对犯罪精神病人的暴力——将会彻底改变我的整个人生。铁门“砰”的一声猛然关闭，意味着这头钢铁巨怪再一次填饱了肚子。我的牢狱生涯开始了。

3

底特律东区
1986年，五年前

“赶快交出来，小黑鬼！”蒂尼呵斥着，用手里的镀镍手枪指着我的头。

我的心像鸟儿残破的翅膀一般，胡乱扑棱个不停，我被吓坏了。金属枪管顶着我的太阳穴，凉飕飕的，将一个寒意逼人的事实压在我的心头——我才十四岁，可是就要玩完了。街头的气息从蒂尼身上扑过来，混着浓重的爱尔兰野玫瑰酒的香味，窜进了我的鼻子。他的同伙，一个叫托恩的家伙暴躁地用胳膊勒着我的脖子，我快喘不上气儿了。蒂尼拿枪的右手上满是裂开的伤口，一块块的，溃烂着，流着棕绿色的脓液。这家伙可是海洛因和强效可卡因的双料瘾君子，这种人出来打劫完全是不要命的。

在街上混的人都知道，为了能再注射一针毒品，嗑药的人可以杀人不眨眼。“霹雳[③]”这种毒品在二十世纪八十年代加入毒品大家庭，从那以后就产生了一批亡命之徒，他们在这个国家纵横曲折的贫民区里四处游荡，干了无数丧尽天良的坏事，三天两头就能在报纸上看见类似的新闻。

虽然我的年龄跟这两个家伙的儿子差不多，但他们关心的只有我藏在内裤里的白色小“石头”而已。为了满足毒瘾而杀死一个孩子，在他们看来正常得很。

我的毒贩生涯开始不过短短几个星期，就已经犯下了好几个致命的错误。比如，我竟然听信蒂尼和托恩的鬼话，离开了毒品交易站的安全范围。我怎么能相信一个对霹雳成瘾的家伙呢？简直是疯了！脑子里有个声音一直在嘀咕着“危险！危险”，我却听而不闻，眼下只能听凭这两个穷凶极恶的家伙摆布了。我害怕得浑身发软，既不敢高声呼救，也不敢请求他们放我一条生路。

起初的惊吓缓解之后，我试图挽回局面。我从内裤里拽出塑料袋，交给了蒂尼。然后，他把手伸进我外衣的一个口袋里，使劲扯出一小把钱来，差点没把我的口袋给扯下来。他把霹雳和钱塞进自己的口袋，示意托恩把我放开。

---

③ 一种由可卡因加工制成的毒品。

接下来会怎么样我很清楚。他们会一枪崩了我，然后把我从地下室的台阶推下去。一个星期后，我那臭气熏天高度腐烂的尸体才会被某个房客发现。我似乎已经看到自己上了《底特律报》的头条：杰斐逊街和查莫斯街交界处的毒品交易站惊现十四岁少年尸体。

可是，蒂尼却拿枪管戳着我，命令我一直走到大楼的门口。“立马给老子消失！”我听到他呵斥一声，然后我被他一把推到查莫斯街靠近交易站这一侧的人行道上。

我的心里塞满了各种情绪。死里逃生的我虽然松了口气，但走进杰斐逊街和查莫斯街交界处的科尼岛餐厅时，我瘦骨伶仃的身子还是不受控制地抖个不停。我觉得餐厅里的人全都应该感受得出我刚才经历了什么。我的目光在他们不太友善的脸上一一停留，希望他们能看出我的脆弱无助。可是在所有人眼里，我只是个故作成熟的孩子。现在回想起来，我有些怀疑，也许当时我把他们的表情解读为恼怒是不对的，他们可能只是疑惑我怎么没在学校里待着。

当时的我真希望饭馆里的某个人能站起来，让我不要再去街上瞎混了。我希望有谁能发现我本质上是一个聪明可爱的男孩，看出我内心受到了伤害。我想大喊，但拼命忍住了，因为我发过誓，再也不让任何人让我哭泣。在内心深处，我为自己的恐惧感到羞耻。

我离开餐厅，走了几个街区，最后在克尔彻瓦街的一个电话亭前停了下来。拨打老板的寻呼机时，我已经完成了对自己的心理建设：除了愤怒之外，我什么情绪都不曾有过。我绝对不会告诉米克我有多么害怕。不能让我的同伙们知道，我还没法接受在尿液遍地的走廊里死去的下场。

我决定干贩毒这行的时候，根本没想过死。我想到的尽是些别的事情：赚钱，拿钱买很多衣服，再买辆本田Elite150摩托车，带一套顶级的音响设备。我只想着拿钱能买到快乐、爱、安全的栖身之所，唯一没想到的就是这一行的另一面——我可能会死，也可能因为一包价值一千美元的霹雳而失去自由。

米克给我回了电话，他让我回到之前待的地方，在马尔伯勒街和杰斐逊街交界处的那栋大白房子里等他。虽然已经恨透了这地方，但我还是回去了。房子的前门是半开着的，一股腐烂的气味从门缝里飘散出来。这房子让我不舒服，最初是因为它那颓废萧条的样子，导致每天都有很多人把车子停在这里，一辆又一辆排出去老远，有的甚至胆大包天地停在我们的交易点面前。不过这还不是它让我觉得讨厌的全部原因。

我不喜欢马尔伯勒街上的这栋房子，还因为这地方简直就不是人待的。墙上刷的漆掉得七七八八，房顶往下陷，好像马上就要彻底塌下来似的。浴缸里都是屎尿和脏衣服。马桶里满满的都是附近科尼岛快餐店的食物包装纸，就快溢出来了。蟑螂成群结队地在地上和墙上行军。这地方压抑得很，而且臭气熏天，直叫人恶心。马尔伯勒街的这栋房子简直就是街头古惑仔们精神状态的全面写照。其实我也已经染上了这种精神上的病症，只是当时还不知道而已。

我坐在门廊上等米克，神经绷得很紧。旁边茂盛的草丛里一阵沙沙作响，吓得我立刻弹起来，拉开了大干一场的架势，但转身一看，原来只是一只迷路的狗在垃圾桶里找吃的。我放松了下来，不由自主想起从妈妈家离开的那天，以及在那之后我的种种经历。

就像关节炎患者的膝盖骨一样，我父母的婚姻也是一点点溃烂的。他们分开又和好，再分开再和好，每次和好都给我一线希望，以为能和从前一样过上正常的生活。他们的婚姻不算完美，但是我们家总是亲朋好友济济一堂，总有美食和音乐。回想起和父母亲住在一起的幸福日子，总让我满心向往。

我在成长的过程中常常见到他们吵架，大概世界上的夫妻都是这样吧。不过他们从没有互相指责，而且吵得再严重也不会动手。所以，当他们宣布要分居的时候，我们全都惊呆了。

“知道吗？我和你们的爸爸之间出了些问题，”我记得妈妈是这么说的，她的声音很沙哑，“所以我们认为分开来对双方都好。”

我看着爸爸，希望他能给我一个答案。他朝我看过来，嘴角颤抖着，眼眶是湿的。然后他强忍着眼泪说：“虽然我和你们的妈妈之间有些问题，但我永远都是你们的爸爸。”

我不是很明白他们在说什么。分居到底指的是什么？爸爸以后就在沙发上睡了？就像他们有时候吵架之后那样？还是说他会离开我们家，到最好的朋友克拉克家里去住上几天？或者他和我们一起睡在楼上？我万万没想到的是另一种可能性：爸爸搬到一栋不属于我们的房子里去住。

爸爸最后解释说，在接下来的这个周末，他就要搬到海兰帕克的某个地方去。我的小脑袋瓜里顿时涌出了一件又一件的往事。我想到了各种节假日，想到爸爸怎么领着我们这帮孩子装饰圣诞树；想到每隔一个周六，爸爸就会给我们一些零钱，好让我们去皇家溜冰场滑冰；还想到每晚十一点四十五分，爸爸下班时把车停在车道上发出的声音。

我害怕极了。从前的幸福好像一下子崩塌了。妈妈解释说，寒暑假、节假日以及周末，我和妹妹们都可以去爸爸那儿过，不过上学的日子我们得住在她的家里。“她的家”这个词烙印在我的头脑里，让我明白了一个事实：我们的家已经不再是从前那个“我们的家”。可是如果没有爸爸每天的陪伴，妈妈的这个家永远也无法像过去我们共同生活的那个家一样幸福温暖。

爸爸在地下室叫我。我顺着台阶向下走，脑海里浮现出家里过去的种种场景。我还记得爸爸和叔叔们给天花板装吊顶的情景，当时妈妈和婶婶们正忙着刷墙，整栋房子回荡着疯克德里克乐队的歌曲。我们的家是整个家族的中心，我的叔叔婶婶和堂兄弟姐妹时不时地就来跟我们一起住。但是从那天开始，好景不在了。

我和爸爸开始打包。他打算在走之前把该我负责的任务都交代好。他要我帮妈妈修剪草坪、洗车、照顾当时才三岁和八岁的小妹妹，还要求我继续待在学校的荣誉榜上。我们把爸爸的唱片装进板条箱，里面每张唱片的封面都能勾起我的回忆，想到他们在地下室举办家庭聚会的场面。爸爸翻弄着唱片，艾斯利兄弟的、俄亥俄玩家的、欧杰斯合唱团和马文·盖伊的，我的脑海里则浮现出蓬松的头发、防水台高跟鞋，还有衣着暴露的女人。我想起约翰叔叔怎样把沉睡的我叫醒去参加他们的舞会；想起当舞会结束时，克里斯叔叔或是基思叔叔会偷偷让我啜上一小口舒立滋麦芽酒。

我看着爸爸，见他正盯着一本相册发呆。我能感觉到他心里藏着跟我同样深切的悲伤。爸爸朝我看过来，他的双眼通红，眼泪一个劲儿地往下流。他用力地抱着我，无声地哭泣，他的胡子扎着我的脸，古龙香水的气味飘进了我的鼻子。爸爸哭得浑身颤抖，看着自己一手创建的家庭分崩离析，一定是件非常难过的事情。我们就那样紧紧拥抱着彼此哭作一团。

现在回想起来，那些眼泪可能是爸爸给我的最棒的礼物。他让我明白**真正的男人也是会流泪的，特别是为了自己深爱的人。**

我们收拾一会儿，哭一会儿，再收拾一会儿，再哭一会儿，最后泪水终于变成了笑声和打闹声。把地下室的东西收拾好之后，爸爸向我保证，不论发生什么事，他都会是我坚强的后盾。在这一点上，他真的从来没有让我失望过。

就在那个周末，我们把爸爸的东西搬到位于海兰帕克帕萨迪纳街的新家。事情看似告一段落了。可我没想到，这只是开始，后来的经历跌宕起伏。在分居一年多后，我的父母决定破镜重圆。

听到这个消息时，我简直欣喜若狂，以为生活就此重回正轨。事实上，一开始的确也正常了一段时间，可是几个月之后，我发现爸爸又开始在沙发上过夜，就像他们第一次分居之前那样。他们连着好几天不说话，曾经那么温存，现在彼此对视却只剩下漠然的眼神。

渐渐地，我晚上不睡觉了。我会待到深夜，等着爸爸下班回家。我专心聆听着他进入家门后的动静，有时候还会从自己的房间溜到走廊里，从二楼俯瞰着客厅，满怀希望，屏气凝神，巴望着发现爸爸没有睡在沙发上，巴望着看到沙发上空无一人。但是一夜又一夜过去了，爸爸天天都在沙发上过夜，盖着毯子，身子蜷成一团。我预感到最后，他们肯定又会对我们宣布坏消息，这只是个时间问题。

有一天，我正在街上和朋友们玩橄榄球，妈妈走到门口叫我的名字，那声音就像沿着台阶一路跌落的珍珠一般动听。这种悦耳动听的语调她只在特别的时刻用，比如我们家宾客满堂，或是我带回家很漂亮的成绩报告单的时候。

我走到自己的房间，妈妈正背冲着我站在那儿，她面前的墙上横七竖八地贴满了我喜欢的运动员和汽车的海报。那一瞬间，我还以为她会叫我把这些东西都取下来。可是当妈妈朝我转过身来，我却发现她的眼角挂着眼泪。她把我拉过去，拥在她温暖的怀里，深深吸了口气，这才开始说话。

“小南瓜，”她叫着碧碧婶婶给我起的外号，“我希望你能明白，不论发生任何事，我永远都是爱你的。你也知道，我和你爸爸遇到了一些问题，我们只能决定再次分居。”

我点点头，想让她知道我听明白了。但是真正反应过来后，我的心却直往下沉。我不敢相信爸妈又要分开。他们向我们承诺过会把事情彻底搞定。没错，我早就发觉要出问题，但是没用，当事实真正来临，我受到的打击没有减轻一分一毫。

可是坏消息还在后头。“这一次，你得跟爸爸一起搬走，”妈妈继续说，“我没办法继续抚养你了。你是个小男子汉，和爸爸一起生活会更合适。”说完这番话，妈妈就走了。

她的话让我心如刀绞。妈妈怎么会不要自己的孩子？我到底做错了什么，她竟然要把我抛弃？

从那一刻开始，为了不再因为他们的决定影响我的心情，我给自己内心竖起了一道墙。我听他们的话，喜欢与他们一起生活，喜欢挨着他们，跟他们聊天，但是现在我真是受够了。我太累了，不明白这世界上我最爱的两个人为什么要把我伤了一次又一次。

第二次分居一年后，我的父母再次重归于好。可是，这时候我和妈妈之间已经产生了隔阂。跟爸爸住在一起的时候，他整天忙于工作，我习惯了自己一个人想做什么就做什么。我开始吸烟，而且对女孩产生了莫大的兴趣。而且，那年我已经十四岁，再也不可能像过去那样做妈妈的乖孩子了。

回家后的第一个周末，我在一个朋友的聚会上玩到半夜。第二天一大早，我妈就把我痛斥了一顿。“你敢再那么晚回来看看？”她嚷嚷着，“我可不是你爸，你要是不喜欢我的规矩，随时可以打包离开。”

我总是一逮着机会就对她的权威奋起反抗，以此惩罚她曾经抛弃我的行为。爸爸也配合她对我严加管教，但是一切都太晚了。我已经发展出一种“爱谁谁”的心态。我觉得，只要对什么都无所谓，就没什么能够再次伤害我。

我妈的撒手锏就是体罚。还记得有一次，我和朋友们在外面玩了一整天，回家后她把我叫到浴室里。“为什么不按照我说的方法摆碟子？”她问道，还没等我说出一句整话，她的巴掌就狠狠抽在我的脸上。她让我脱光衣服，开始用一条厚皮带，疯狂地抽着我的腿和后背。

星期日我们总会去教堂。妈妈告诉我可以向耶稣进行祷告，他会回应我所有的心愿。我一度以为看到了希望。我希望上帝听到我的祷告之后，真的会让我妈有所改变，可是她没有。

很快我就感觉自己的忍耐到了极限。我想我已经十四岁，再被大人打屁股就不合适了。何况我也长得牛高马大，真怕哪天一没忍住会对妈妈还手。而且她总是不断警告我，如果不愿意守规矩可以离开，所以有那么一天，我真的接受了她的提议，离家出走了。

哪怕在离家出走的时候，我仍然巴望着我妈能像普天下所有的母亲那样为我担心。我幻想着她眼含泪花，跑遍周围的角角落落，到处找我，幻想她会关心我是否安全，过得好不好。我希望她能对我受到的伤害感同身受。

但是，一切都只是我的幻想，所以我成了个街头混混。

4

密歇根州，底特律市，韦恩郡监狱
1991年8月

“伙计，说了你肯定都不敢相信。”室友一边卷着烟卷儿一边对我说。

“怎么了？”我看着他不紧不慢的动作问道。

“那个黑鬼今早在候审室干了一个白人。”他说着这话时，脸上还带着几丝疑惑，似乎对自己看到的事情很是不解。

“谁被干了？”牛郎凑到我们的牢房门口问。

“来，我给你们讲讲。”室友说着便出了牢房。他走到娱乐室，一屁股坐在前面的桌上，点燃一根烟：“今天早上我们去候审室，这个叫赛文的黑鬼，把他的燕麦和甜甜圈给了一个白人男孩。我们当时都没多想，直到后来看到赛文在候审室后头跟那孩子说话。”他一边说一边拿起另外一包烟丝。

“怎么了，伙计？”一个叫特温的家伙朝桌子这边凑过来。

“黑鬼在候审室把人给干了。”不知是谁说道。娱乐室顿时响起一阵紧张兮兮的笑声。

对于我们大部分人而言，这是第一次直面监狱生活中最为残酷的真相之一。大家安静地坐在那儿，听着我的室友继续说下去。

“一开始，赛文问白人男孩吃了他的燕麦和甜甜圈，该怎么报答他。那孩子说他以为赛文只是不饿，而且食物带着又不方便，所以才给自己吃了。他说话的时候还有点半开玩笑的意思，赛文听了好像更冲动。他朝那孩子走过去，摸人家的小鸡鸡，说知道怎么做能报答自己。”

说到这里，室友显得有些不太自在，不过他还是继续往下说。“一开始有几个狗杂种还在那儿起哄，说监狱里可没有免费的东西，不过我觉得他们可能没意识到赛文打算来真的。后来他挟持了那白人男孩。”

室友吸了最后一口香烟，把烟蒂弹到了对面。

“他扼住那孩子的喉咙，直到他的脸发紫，昏了过去。我以为顶多到这儿就算完了，”他一脸冷漠地说，“可是他真的干了！他把那孩子放倒在地上，然后翻过来仰面朝天，还脱了他的裤子。”

“我们都坐在那儿，但他就跟没看见一样，”我的室友说着直摇头，“直接拉下那孩子的裤子就开干。”

“狗娘养的。”牛郎说。

“你们怎么都不阻止黑鬼？”有人问。

“你他妈的什么意思，为什么不阻止他？你不知道这种烂事的规矩吗，黑鬼？”我的室友恼火地答道。

“是啊，蠢货，你不知道这种烂事的规矩吗？”牛郎给我的室友帮腔。

“那狱警也不管？”

“我估计他们跟我们一样吓呆了，谁能想到赛文当着这么多人的面就敢开搞，好像天经地义似的。那男孩可能只是要进训练营的，这是最糟糕的地方。”

“真见鬼，”特温说，“他首先就应该告那些不要脸的狗杂种，竟然把他和那个疯子黑鬼关在同一间候审室里。”

我听了一会儿，就回到牢房琢磨起自己的事情来。虽然在郡监狱只关了两周，但是我已经长了不少见识。一碗燕麦或一根香烟，这么琐碎的小事都能成为强暴的理由，如果我下半辈子都要跟这种烂人待在一起，那种日子根本无法想象。我想到犯人心理极限的问题，如果是我的话，承受多大的精神压力，才会变成这样一个穷凶极恶、不懂廉耻的家伙？

在那一刻，我对自己发誓，出狱时的我一定不能比进来时更烂。我用毒品夺走了人们的尊严和体面，知道自己罪孽深重。但是我也知道，有些事我是永远也学不会的，比如强暴，比如只是为了一丁点的好处就向狱警打小报告。

悲哀的是，我很快就会明白，对于囚犯来说，诺言这种东西是不顶用的。

郡监狱里的社会等级森严而残酷，从最低等的犯人到最高等的监狱管理员全都囊括在内。这里的生活就像一场实时的生存游戏真人秀，适者生存是唯一法则。

又过了一段时间，我被转到这座监狱的另一个分区6NW，这里专门关押暴力罪犯。我走过滑动玻璃门进入6NW时，整个娱乐室都安静了，唯一能听到的是金属桌上那台电视机断断续续的“嗡嗡”声。走过短短一段距离，就是给我指定的牢房了。我一边走一边扫视着娱乐室里那些黑色和棕色的脸，想从中间找到个把熟人，兴许是从前在街头的宿敌，兴许是和我混同一个社区的兄弟。

每双眼睛似乎都死死地盯着我。我通过眼角的余光，注意到一个光头的黑人在对一个棕色皮肤的家伙说些什么，棕皮肤的人脸上有一道长长的疤痕。他们小声嘀咕着，说几个字就抬起头看我一眼。

街头混混的第六感马上来了。我意识到，假如我在这儿会惹上什么麻烦，一定是这两个人先搞的鬼。看看其他犯人对待他们的态度，很显然这两个家伙处于食物链顶端。

我马上瞪了回去，清楚地表明了自己的态度：人若犯我，我必犯人！但是我没让自己的目光停留太久。这是在底特律街头学到的交战规则之一，在街上不能盯着人猛看，也不能占人家的地盘，否则就可能吃枪子儿，甚至被打死。表明自己不是软蛋很重要，同时也得让对方知道自己是个懂规矩的老江湖。这其中的平衡关系很微妙，把握不好的话可能就是生与死的差别。

我走进指定的牢房，把铺盖卷儿一把扔到上铺。和自由相比，眼下的我更需要睡上一觉，再来个舒舒服服的热水澡。我环视了牢房一圈，越发感到心里难受。四面墙壁似乎在朝我压逼过来，我仍然无法相信自己竟然堕落到如此地步：住在一间只能容纳两个人和一个卫生间的牢房里。这时候我一心想的是尽快离开这里。

一个秃头的黑人犯人走到我的门前。我早就听说，这层楼里的家伙如果看谁不顺眼，就会把对方痛扁一顿。我握紧了拳头，打算只要这人靠过来，就抡出我在监狱里的第一拳。

“抽烟吗？”他问了我一句，然后绕到我身后的桌边。

“好的。”我答道，反应了一会儿才明白，这位是我的室友。

“也许在晚上锁门之前，你会想卷根烟抽抽。”他说着，便递过来一个手卷烟包。

我接过那包东西，虽然不知道该从何下手——过去一直抽香烟，从没自己卷过烟卷。所以我看看烟包，然后又瞅瞅他，看他把厚厚一沓烟丝包进香烟纸里。我有样学样，只是卷烟技巧很逊，出来的成品粗细不均。

“他们叫我 S。”他说。

“我叫杰伊。”我点点头答道。

“你犯什么事儿了？”他倚在自己的床上问道。

“公开杀人。”我一边说一边盯着他的脸，想观察他的反应。

“妈的，兄弟，真希望你能打赢官司，给那些狗娘养的好看，”他说着往前靠过来，“他们说老子杀人，判老子终身监禁，不过他们不会得逞的。”他一副自信爆棚的样子，叫我不得不信。

那一天我们一直聊到深夜。S 已经在这里关了一年多，他向我传授了好些牢里的规矩，如果真的被判刑，将来会用得着[④]。不过他又说我应该能打赢官司。虽然他的说法没啥依据，不过还是让我燃起了一丝希望。在那个时刻，希望是唯一支撑我活下去的东西。

我在洗脸池前洗了把脸，然后擦了擦上半身，便跳上床躺下来。牢外生活的一幕幕开始在脑海里回放，当下的现实显得虚幻起来。我怎么也不能相信自己正待在一间牢房里，和一个陌生人讨论自己可能要在监狱里度过余生。原本我应该去上大学，去追逐梦想，比如当医生——我应该救死扶伤，而不是朝人开枪。

我想起我的女朋友布伦达。我们已经同居半年，她正怀着 4 个月的身孕。我与前女友有一个女儿，但是孩子的妈妈不让我跟她一起抚养孩子。所以，得知布伦达怀孕的消息

---

④ 此时作者的案子还没有经过法庭审理，所以他只是被暂时拘留在韦恩郡监狱里。

时，我激动得无以复加，因为我终于要当一个货真价实的父亲了。

一想到布伦达肚子里渐渐长大的宝宝，想到在被捕前夕与她的谈话，一阵深深的悲哀简直要把我淹没。我凝视着她的眼睛，告诉她一切都会好的：我们会离开底特律，开始新的生活，我们会给孩子打造我们自己小时候梦寐以求的那种生活。

她将头倚在我胸前，泪光盈盈地抬头看我。我抚摸着她的肚子，我们的宝宝正在里面一天天长大。

“你能感觉到吗？”她引导着我的手，慢慢抚摸她的小腹，那里传来的体温加上我心中感受到的暖意使我相信，一切都会好的。我根本无法想象自己无法亲眼见证孩子的出生。

我想到了自己的父亲，我的被捕一定让他倍感失望。从那天晚上之后，我再没有与他、与我的继母或是妈妈说过话。我既然已经决心在街上混，有任何后果都应该自己承担。那时候的我，对于为人父母的意义一无所知，更不知道看到孩子受伤时，父母心里会是什么滋味。许多年后我才知道，在我坐牢的这些年里，我的父亲是如何流着泪度过许许多多无眠的夜晚。

思绪如脱缰的野马一般无法停止。我想起开枪结束另一个生命时的感觉，想起所有背叛我的人。曾经最好的朋友在关键时刻抛下了我，还有一些人做出了对我不利的陈述。从我被捕那一刻起，外面的朋友便对我不闻不问；被捕还不到一个星期，他们就偷走了我的衣服，花光了我留下的所有钱（虽然只有不多的一点）。

然后，我想起了最终的背叛：自己对自己的背叛。这是我最难面对的地方。从与毒品、酒和枪打交道的那一刻起，我就把自己放弃了。实际上，是我自己断送了最后的机会。我想起每一位告诫我不要浪费天赋、追问我为什么要干这个行当的老师和家长。见鬼的是，就连逮捕我的警察也责怪我何苦浪费大好青春——就连送我去蹲大狱的人也比我更相信我自己。

可是在郡监狱这种地方，说什么都没用了。**关在这里的每一个人都与我一样，有着支离破碎的美梦。**对眼下的我来说，只有一件事有意义：等待法庭对我杀人的罪行做出裁决。

在渐渐坠入睡梦之际，我的脑海里只剩下唯一一个念头：事情不能这样结束。

接下来的几周，我在郡监狱接受了一系列“监狱生存速成培训”。我学会了用服务换取食物或是香烟，比如为别的家伙打一通“三人间电话”或是帮不会写字的犯人写信。其实监狱和街头没有本质上的不同，同样是谁有权利谁老大。想要受人尊重，你要么得有力量，要么得有钱。从某种程度上说，每个犯人都得证明自己。假如你有的是钱，就必须证明你能守住这些钱，或是能找个帮手帮你守住钱。

在这儿安顿得差不多了，我给乔治娅打了个电话。我们住在一个街区，她就像我的大姐姐，我知道她能帮助我与家人取得联系。乔治娅问我在里面过得怎么样，从她的声音里我听得出关切之情。通过乔治娅，我与家人和不多的几个朋友保持着联系。她能够帮我传话，或是把我想要通话的人叫到她家去。

第一次打电话时，乔治娅帮我叫了布伦达来。听筒里传来了布伦达的声音，听着忧心忡忡的，还带着孩子般的脆弱，让我感到深深的愧疚。坐牢不是我一个人的事，是全家的事，虽然关在牢里的只有我一个，但是每一个爱我和关心我的人都跟我一样，在精神上备受折磨。

刚开始我们聊的都是街坊四邻的事情，然后讲了讲我的辩护策略，以及打赢官司可能需要的条件。布伦达说起自己面临的经济上的困难，我告诉她我会找几个兄弟聊聊，帮助她渡过难关。当我告诉布伦达下一次出庭的日期时，她开始哭了。

“我的肚子越来越大了，宝宝正在踢我。”她说。

“宝宝出生前我会回家的。”我的声音小得几乎听不清。

“我现在就需要你！”她哀叫起来，“为什么上帝要把我爱的每个人都带走？”

“我不知道，宝贝。”

“你他妈的最好赶快回来。”她说。从声音里听得出，她泪迹斑斑的脸上一定浮现了一丝笑意。

布伦达是个坚强的女孩，她的成长之路特别艰辛，却有着我所见过的最美的笑容。我被捕的时候，我们彼此了解还不是很深，可是听着电话那头传来她的声音，我才意识到自己有多么爱她，多么想给她关心和照顾。我不忍心让她独自在外面，为了生计和我们的宝宝而苦苦挣扎。她值得被关爱，她肚子里的孩子应该有爸爸陪伴在身边。

我发誓，哪怕只为了布伦达，我也要离开这里，把她应得的一切带到她身旁——至少会为此而竭尽全力。

给布伦达打过电话之后，我的心情低落到极点，完全提不起精神干别的，只想随便找个人说说话。我朝自己的牢房走去，却听到特温在给别人转述他偷听到的电话内容。

“黑鬼杰伊刚刚在电话里死缠烂打。”他大笑着说。

几个犯人被他逗笑了。牢里的人把真情流露看成一个弱点，所以只要有谁对女人表露出任何感情，爱也好，怒也好，就会被说成“死缠烂打”。特温只是开玩笑，但是我可没那个情绪。

“少管我的事，操蛋的黑鬼。”我转身对他说。我的事容不得别人叽叽歪歪，我觉得是时候叫他们明白这一点了。

“妈的，黑鬼，随便说说而已。”他说。整个房间都静了下来。

“我和你不熟，所以识相点，别管老子的事。”我的怒气愈加高涨。

但是特温没有上钩。我可以肯定，只要他开口，下场肯定会很惨。

“好了，兄弟，到此为止。”一个叫L的老犯人出来讲和，说着他便领着我朝牢房走去。L来自卡斯走廊[⑤]，他是这一区年纪最大的犯人之一，所有人都对他尊敬有加。需要建议的时候，我们都会去找他，他会坐下来跟我们谈人生、谈《圣经》、谈监狱里的种种。他的建议总是富有洞见，条理清晰，而且他是真的关心我们。L已经不是第一次坐牢了，不过在外面的时候他也不得自由，因为毒瘾太重。就像许多被关进大狱的家伙一样，L发现有个地方管着自己反倒更好，才能与毒品的诱惑保持一定的安全距离。

L和我一块儿来到我的牢房，问是怎么回事。我给他简单讲了讲经过，然后开始聊起各自的生活，以及将要面临的服刑时间来。大概半小时后，特温出现在门口。他为自己的言行道了歉，我也为自己朝他发火表示了歉意。看来我们刚才都经历了一段内心的挣扎，而且都用正确的方法得到了解答。

与特温闹过一次之后，这里的犯人们开始对我刮目相看。他们向我征求意见，俨然把我当成了精神领袖。有时候，老犯人遇到问题也会来找我帮忙。L冷静旁观，继续给我提出参考意见。后来他对我说，我让他想起自己年轻的时候。他说他本是个头脑聪明的人，只是迷上了毒品，又爱当混混，白白浪费了大好天赋。

---

⑤ 底特律市的一个街区名。

在所有年轻的犯人中，我与来自英克斯特市的牛郎成了最好的朋友。我们有很多相似之处，不过牛郎比我更好斗，很多犯人都对他敬而远之。

我们俩每天要么在我的牢房里，要么在特温牢房里，聊着从前的生活和我们怀念的事情。窗户上有的地方油漆已经剥落，如果以正确的角度望出去，就能看到外面世界的一角，并且可以瞥到法院的台阶，还有成百上千从那儿上上下下的人们。有时候我们会轮流从那儿窥探外头，就像偷窃一小块如金子般宝贵的自由。

每天下午一点左右，特温的女朋友会站在外面的某个地方，他从窗户里望出去就能看到她。这是她对特温表达爱意的特殊方式。每天一到那个点儿，我们会允许特温独占那一扇窗户。

在以像地狱一般严酷而闻名的郡监狱里，我们愿意尽量让自己保有一些尊严。可是在接下来那一周里，一个严峻的事实提醒了所有人，别忘了自己是因为什么来到这里的。我们这一区里有个叫做G的犯人，他是第一个被判定罪名成立的。他假扮警察抢劫了几个毒品交易者，那些人出庭做了证。在宣判的前一天，我们一直在讨论他案子的各种可能性和他所希望的结果。G知道，以他自己的罪责，判终身监禁都有可能，但他还是认为最终的判决不会超过十年。

受审回来后，他告诉我们结果是八十五年监禁。我们都惊呆了。我们开始估算自己可能被判多少年。如果 G 仅仅因为抢劫就要坐八十五年牢，那么我杀了人又会判多少年呢？

那天晚上，我正跟牛郎、L 一起待在牢房里，G 来到门口说要和我谈谈。牛郎和 L 便起身离开，让我们两个能够私下里聊聊。从 G 的表情能看出来，他在因为什么事烦心。

他把牢门关上，掀起 T 恤衫，露出插在腰带上的一根钢管。

“我知道怎么逃出去。”G 说道。

5

底特律东区
1986年

我顶着大太阳在新港街上徘徊了将近一小时，想挣个几美元，但是运气实在太背。风一吹过来，我身上散发的臭味把自己的眼睛都熏得直疼。身上那件李维斯牛仔裤和T恤衫都已经穿了好几天，皱皱巴巴不成样子，走在街上真丢人。这几天我一直睡在厄尼家地下室的地板上，头发也脏兮兮的，都快想不起来上一次洗澡或刷牙是什么时候的事了。

距离离家出走的那天已经两个星期了。

我看到一个矮个子的白种女人，从位于新港街和哈珀街交界处的一家杂货店走出来，她的购物车被各种袋子塞得满满的。我琢磨着也许她能给我点儿吃的。那一天我只吃了一片奶油吐司，还是厄尼在早上偷偷塞给我的。眼下我的肚子已经不是饿得“咕噜”叫，而是像疯狗一样大声“汪汪”起来了。

那女人走到了停车场。趁她转身，我赶紧走了过去。她用眼角的余光发现了我，但是在她来得及抗议之前，我已经从她的购物车里拿起了两个袋子。

“让我来帮你好吗，女士？”我尽量让自己显得彬彬有礼。

她攥紧了包，环顾四周，似乎随时打算尖叫起来。我则咧嘴微笑，露出大牙缝，拿着她的袋子朝她的车走去。我在她的车边停下，示意她打开后备厢。过了好一会儿，她终于放松了警惕，把车子后盖打开。我逐一把袋子放了进去。

等我放完后，她伸手到包里掏出一个钱包。“我带的钱不多。”她从钱包里拿出两个泛着光的硬币。

我接过来塞进口袋里，打算走开。但是她又叫住了我。

“拿着这个，去买点东西吃。”她又从钱包里拿出一张 1 美元的食品兑换券。

我笑着接过来，迫不及待地冲进了那家杂货店，抓了一瓶葡萄味儿苏打汽水、一袋薯条，还有一袋饼干。走出店铺时，我看了看四下无人，便一头扎进杂货店后面的小巷子里，跪在一个大垃圾箱旁，一把撕开薯条袋包装。虽然旁边的垃圾箱里飘来阵阵腐臭味儿，地上一群蛆虫泡在一摊红色液体里大快朵颐，但是这一切都没有影响我的胃口。我贪婪地将薯条一把一把地往嘴里塞，每吞一把还就着一大口汽水。我实在是饿得不行了，再不赶紧把食物吞下去，恐怕我的胃就会饥不择食地啃我的脊椎骨吃了。

一直吃到胃里填得满满的，我才站起身来离开了那条巷子。我知道厄尼喜欢吃这种饼干，还有剩下的薯条，不过我先得确保自己的肚子已经填饱，才敢跟别人分享自己的口粮。

我沿着新港街朝韦德街走去。脚上的网球鞋底部破了个洞，眼看就要报废了。怕露出的脚趾被地面磨坏，走路时我只能把脚趾头弯起来。每走过一条街，便离我爸妈家的那条街更近了一些。我的手心开始冒汗。

最不愿让我妈看到自己这副德行。到目前为止，全叫她说中了——离家出走是个馊主意。出走的时候我就没考虑过退路，而且当我明白一个孩子想在成人世界里生存下去有多艰难时，骄傲和倔强也不允许我踏上回头路了。我不想听她唠叨说“我早告诉过你吧”，而且在那个家，我几乎是多余的，所以既然出来了，我就不愿意回去。

好在，一直走到卡姆登街，我都没有遇到一个熟人，终于松了口气。这时候时间还早，出门的人不算多。我朝妈妈家的房子远远望去，她的车还停在车道上。想起从前的生活，除了悲哀还是悲哀，但是我把这感觉硬生生地堵了回去。我继续走下去，来到了韦德街。

快到拐角的时候，我看到厄尼家隔壁那栋房子里的人全都出来了。可是，接下来又看到我家附近的几个年龄稍大的混混，在门廊那儿晃悠。我心里不由哀号起来。这伙人有个习惯，喜欢当街捉弄人，一点儿不留情面。被捉弄的对象越是难堪，这群人就笑得越欢。上个星期，我就因为自己的衣着和脏兮兮的模样被他们冷嘲热讽过，不过最叫我难受的是他们嘲笑我无家可归的那个晚上。我觉得自己好像成了一个流浪汉。

厄尼给我打开了门，我把剩下的薯条和饼干交给他，直接来到地下室。过了一会儿，我的朋友汤米·西摩尔也来了，我们一起聊了聊今天的安排。在所有的朋友当中，只有汤米和厄尼似乎了解我在家里遭遇了些什么，他们俩都在尽力地帮我。

我们走出去时，隔壁那伙人基本已经散了，所以我们在库尔特家的门廊上坐了下来。聊了一会儿天，便听见一阵低沉的贝斯声从隔壁的街区传来。我们朝那边张望，想看看是谁开着车、放着音乐招摇过市。

这一带活动着最为臭名昭著的可卡因毒品黑帮，从“好朋友”会议室兄弟”到“白人男孩瑞克”(他们是从我们那条街的街角发展起来的)，到处都是这些冉冉升起的街区明星。这些人开着耀目的座驾，放着轰鸣的音乐，吸引着街区里所有少男少女们的注意力，也叫我们垂涎三尺。他们开着蓝哥或是切诺基吉普车扬长而去，震耳欲聋的音乐声也渐渐远去，留下我们站在原地，描摹着自己梦想中的爱车。在我们年轻的生命中，第一次见到实现美国梦的同龄人，所以都想要成为他们当中的一分子。

又过了一会儿，一辆小小的白色道奇欧米尼[⑥]在街角停了下来 。

“那是米克。”汤米边说，边走向对街，与坐在驾驶座上的一个白人攀谈起来。那人看着个子很高，肌肉很发达。我们在门廊看着他们俩交谈。很快，汤米便回来了。他说米克想找个人帮他打工，盯一下他管辖的一个毒品售卖点，周薪三百五十美元，每天十美元伙食费，唯一的要求就是全年无休地待在那儿。

厄尼说他不想做，汤米也说没兴趣。他们俩一齐朝我转过脸来。我知道他们在想什么：为米克打工对我来说是个不错的选择，这样就不用在街上流浪了。这是毒品交易这一行中最低等的工作，不过我听着感觉还挺划算，因为只要有个地方睡觉，能吃饱穿暖，我就满足了。没费什么工夫商量，我就告诉汤米说我愿意做。

汤米又回到汽车旁，告诉米克我愿意接这个活儿。米克叫我过去，我就去了。他问我的名字，我说我叫南瓜，是小时候婶婶给起的小名。

“你得另外想个名字，小兄弟，”米克打量着邋里邋遢的我，“你的真名是什么？”他问。

---

⑥ “道奇”是汽车品牌，总部设在美国。1978 年道奇推出“道奇欧米尼”，当选为欧洲年度轿车。

“詹姆斯。”

“那你就说自己叫杰伊吧。”他建议道。

“好吧，听着还行。”我在脑子里一遍又一遍地重复着这个名字。

米克又找汤米聊了一会儿，便让我坐到副驾驶座上。音箱里传来电子乐的节奏，车子一溜烟开走了。

“你吃了吗？”米克问。

“吃了点薯条、饼干什么的。”我回答。

“那我们先去汉堡王吃点东西再去店里。”

“好的。”我看着窗外飞掠而过的房子和车辆答道。

格雷休特街的汉堡王离底特律警察局的第九分局很近。米克把车子停在停车场，关了音乐。下车的时候，正碰上一辆警察巡逻车刚刚开走。我既紧张又兴奋，根本没想过要是因为贩毒被抓会怎么样，更没想与这个行当扯上关系可能会丢了性命或坐牢。当时只是单纯觉得，给米克这样的毒贩子打工一定很刺激。

我们随意吃了些东西，就来到一条叫作弗兰德斯的街上，米克的贩卖点就在这儿。这座房子位于街区中央地区，破破烂烂，上下两层，感觉大风一刮就会散架似的。我们的脚刚踏上开裂的门廊台阶，便是一阵“嘎吱”作响。一个黑皮肤的苗条女人来到门廊迎接我们。

“嗨，米克。”她说着便打开门让我们进去。

“怎么样，迪伊？”米克回应道。这时候我们走进了光线暗淡的客厅。

女人草草打量我一眼，转头问米克：“这个小孩儿是谁？”

“他是我的小兄弟杰伊，”米克把我介绍给她，“他帮我在这儿看场子。”

说着，米克从内裤里拉出一个塑料袋，走到餐厅的桌子前。“镜子呢？”

“我去拿。”跟着他走进餐厅的迪伊说。

米克举起袋子给我看。“这个袋子里装了一百粒冰[⑦]。”

“好的。”我点头说道。

“那么一共是多少钱？”他问。

“五百美元。”我说。

“好的，小兄弟，看来你还挺会算。我交给你的包装都是这样的，”他说，“不过你得自己点数，这样才能知道我有没有骗你。”

米克正在教给我一条很重要的生存法则。在毒贩的圈子里绝对不要相信任何人。这个圈子里到处是捕食者和寄生虫，每个人都可能用任何一种方式瞒天过海，甚至不惜欺骗朋友和手下。

迪伊拿着一面镜子走了出来。米克把袋子里的东西都倒在镜子上，将所有的冰每二十粒堆成一堆。我留意着他的一举一动，脑子里飞快地做着算术题。让我感到惊讶的是，这

---

⑦ 袋子里装了 100 粒冰毒。

么小的袋子里竟然也能装下一小笔横财。

“卖出两粒冰之后，你把钱留着，买吃的、买烟，包括任何白天需要的东西。还剩下最后二十粒冰的时候记得给我打电话，我给你再送些来，知道了吗？”

“明白。”我说着从他手里接过袋子。

“把冰放在抽屉里，不要让任何人碰。上门来的人是不是来买货的，迪伊会告诉你。他们掏钱之前千万不要露货。不要跟他们争论冰的大小，这里不是杂货店，客户不是上帝。但是也别过分，你希望别人怎么对你，就怎么对他们。”

“我明白了。”我答道。虽然表面一副镇定自若的样子，但实际上我已经被这个新世界刺激得心潮澎湃了。

“要是有人不照规矩来，我们还有撒手锏，只是以防万一。”他说完便带着我走进里屋，从一个沾满污渍的垫子下抽出一把短管手枪。

我从没碰过手枪，只觉得它看起来凶神恶煞的，有点儿吓人。米克把枪递了过来，虽然我感觉扣扳机的时候，自己没准能被震个四脚朝天，但还是摆出一副明白自己在干什么的样子，拿在了手里。

“那个扣是保险栓，”他指点道，“要是有黑鬼乱来，就把保险栓放下来，用枪指着他，然后开枪。相信我，准能把那些狗日的脑袋打个稀巴烂。”

我不知道该说什么。我可没想过有一天会冲别人开枪。我见过抽大麻的，见过喝醉的，要说闹事，顶多也就是打一架而已。当时的我还不知道，毒品会让人变成铁石心肠的杀人犯。

“我要去接你的搭档蒂，”米克说，“他是个好人，会帮你的忙，不过这个点还是你说了算。所以你可以按照自己喜欢的方式来做生意。”

就这样，米克把弗兰德斯的生意交给了我，我从街头混混摇身一变成了生意人。

米克离开后大约十分钟，第一个客户就上门了。迪伊在门口迎接他，然后告诉我他想要什么。我来到门口，他从防盗门的铁栏杆间递进一张皱巴巴的二十美元纸钞，我则交给他 4 粒冰。他查看了一番，笑了笑，从门口离开了。

这是我经手的第一笔生意，看着手里的钱，我终于实打实地感觉到，自己正式成了一名毒贩子。

短短几个小时内，客户们像潮水一般朝门口涌来。我不停地往口袋里塞五美元的纸钞，很快裤子的口袋里便鼓起一个大疙瘩。

第一个星期过得飞快，米克来给我付薪水，把我激动坏了。我拿冰向卖衣服的顾客交换了一些衣物，米克将这部分七十五美元扣除，最后付给我二百七十五美元，都是小面值的钞票。我把它们拿在手里，感觉自己瞬间腰缠万贯起来。这是我这辈子拥有的最大一笔钱。米克让我结束当天的工作后给他打电话，他说要带我到伊兰广场去购物。

那天晚上，我们去了商场。我迫不及待地跑到福洛克柜台，买了一双斐乐鞋，那是当时市面上最火爆的一双鞋。从自己拥有的一大叠钱里抽出钞票来付账，感觉真是帅呆了。这是我有生以来第一次走进商店买真正想要的东西，而且不用担心价格。我们继续购物，米克又帮我买了一些装备，配上我的汗马宝靴。他似乎把我当成了自己的小弟，说希望我看上去整洁得体。

当我再次走在那条街上时，感觉自己仿佛是个明星。十四岁的我穿得已经比这地方很多成人还要高档。跟大部分十多岁的孩子一样，我渴望被肯定、被羡慕。我从头到脚一身崭新的名牌，又是斐乐，又是百利和乔丹，走在街上，能听到女孩子们的窃窃私语。这种受瞩目的感觉让人上瘾，就跟我卖的毒品一样。

好几个星期，我一直沉浸在当毒贩的新生活里。钱来得很快，但是我能想出五花八门的方法，把它们更快地花出去。我用最新潮的行头装扮自己，口袋里揣着钱四处转悠，一副意气风发的派头。实际上，我生活里缺失的一部分被补偿过度了，而最重要的另一部分，爱和接纳，却是这样的生活无法给予的。不过当时我不肯承认这一点，我只是觉得很孤独。蒂比我大上好几岁，我们之间没什么共同语言，顶多聊聊怎么赚快钱；与迪伊和她丈夫根本没机会聊天，因为他们总是嗑药，总是很嗨。他们从来没当着我的面嗑药，但是我能分辨出来，因为嗑了药之后人会变得烦躁和偏执。

一天，一个叫约翰的客人来我这儿买冰，我们管他这样的叫“跑腿儿”。他负责到贩毒点，给家里一群瘾君子买毒品。约翰是我这里的常客，经常一次买两百或三百美元的冰。不过这一次，在买了150美元冰之后，他问我们是否有兴趣在他们家设个点。他在威尔希尔街有个地方，想拿来经营这个买卖，我则告诉他，我只帮米克打理生意。

我给米克打电话，把约翰有房子的事儿告诉他，他说我们可以去考察一下。他来接我的时候还称赞了我，说我能想到把生意做大，他很骄傲。米克承诺，如果事情进展顺利，他一定会关照我。

约翰家的地方位于威尔希尔街和查莫斯街交界处，从街角数过去的第四栋房子就是。这条街边伫立着许多精心保养的殖民地风格和都铎王朝风格的宅子，而约翰住在一栋又大又漂亮的砖房里，与我们在弗兰德斯的小楼一比，简直是一个天上一个地下。米克问我是否把地址搞错了，我又对照约翰写给我的地址检查了一遍，告诉他的确就是这里。

约翰打开门，邀请我们进去。他的家里看不出一点瘾君子聚集的痕迹，仍然是一个正常人家的样子，这叫我们很惊讶。房子里处处都透露着过去中产阶层生活的痕迹。约翰的妻子和孩子们的照片还挂在餐厅的墙上，客厅装饰着落地式电视机和组合沙发。我几乎以为会有一位女主人沿梯而下，询问我们是否需要来些甜点。不过事实是，我们坐下来开始谈起了生意。

约翰给我们讲述了他因为吸毒而丢掉工作，被妻儿抛弃的经历。他眼下已经走投无路，如果我们在他的房子里卖毒品，他就能继续保住这座宅子，并且能够承担吸毒的成本。对我们来说这买卖也很划算，所以便与他成交，并且一个星期内就搬了进去。

在可卡因刚刚出现的时期，我们这一带仍属于底特律东区一个比较纯良的社区。大部分宅子依旧保持着质朴的外表，只是在各家各户的内部开始有人渐渐迷上了毒品，而且无法自拔。随着可卡因的日渐普及，随之而来的罪恶深深侵入这些街区的核心，黑人中产阶级的美梦渐渐破灭了。六十和七十年代，海洛因曾经横行一时，但是与可卡因一比，前者带来的危害简直不值一提。

我们不但在约翰位于威尔希尔的房子设了点，而且很快发展出了一种生意模式来，即内城区毒贩的“上门享受服务”。我们在厨房和通往地下室的楼梯之间装了一扇安全门，这样一来，客人在等待服务的时候，就可以走进前门，而不是在门外挤着。如果哪个客人想要留下来嗑药，约翰就从他们那儿收个几美元或是一粒冰。这对我们的生意大有裨益，因为有的客人会在这儿待上一整天，在地下室里把工资花个精光才离开。

约翰和他的很多朋友都嗑药，这些人大都在遍布这一地区的工厂里工作，拥有稳定的收入。对于像他们这样高档次的顾客而言，我们这种提供便利服务的贩毒地点可是独此一家。唯一可能的竞争来自几个街区之外的另一个点，但是他们的冰在尺寸上无法与我们的媲美，实际上并不能构成威胁。

在楼上工作了几天之后，我觉得一个人坐在那儿怪无聊的，就决定到地下室去长长见识。那是我第一次亲眼看别人嗑药。我带着枪坐在吧台后面，仿佛看电影一般，感到有些目不暇接。地下室里有镜子、刀片，还有到处纵横缠绕的吸管，旁边还有一瓶七十五度的老佛罗里达朗姆酒，客人们用它来点火。我看着男男女女们吸着自己的管子，一副亲密无间的样子，仿佛在做爱一般。他们每将一口浓厚的白色烟雾吸入肺中，都会露出一副深深陶醉的表情。我从没见过有什么东西能这么迅速而强烈地改变一个人。

更让我意外的是，毒品对不同的人似乎有着不同的效果。有些人会变得敏感多疑，他们会藏到楼梯下的柜子里，或是跳到吧台后面来，缩成一团坐在地上。有人嗑了药后，则会进入昏睡状态。

我第一次去地下室之后又过了一个星期，有个住在街角的女人脱光衣服，赤裸裸地从我们这儿跑了出去。她说有人在追她。约翰好不容易赶上她，把她带了回来，她就那么继续光着身体坐在吧台上嗑药。我努力克制自己不去看她的胸，或是双腿间毛茸茸的三角地带，可是怎么也忍不住。我对女性身体的迷恋就是这样开始悄悄滋长起来的。

一天，我在地下室给客人提供服务，发现有个男人一直在地上爬来爬去，见到白色的小点儿就捡起来。其他客人告诉我他在“扮鬼”，就是说，他吸完自己的冰后产生了幻觉，以为地面上铺着满满一层的冰。这在地下室已经屡见不鲜了。看着大人们跪在地上，满地寻找那么一星半点儿的冰渣儿，那情景真是太疯狂了。年少无知的我丝毫不了解他们所受的折磨，也不懂毒瘾的危害，所以常常被这些举动逗得乐不可支。渐渐地，我开始对别人的苦难视而不见，也对成人和他们的权威产生了一种扭曲的观点，只是当时我自己浑然不觉而已。

威尔希尔开张后的第一个月，我们赚得盆满钵满。各种各样的人从那道门走过，白人和黑人，男人和女人，从城郊远道赶来黑人区的瘾君子，甚至还有底特律顶尖的足球运动员。为了得到冰，他们会将价值数百美元的皮大衣和丝绸衬衫卖给我，或是以非常低廉的价格卖给我电视机、VCR 和手枪。我还没到能够开车的年龄，但是租他们的卡迪拉克、蒙特卡洛或是别克，去兜几个小时的风完全不在话下，给几颗冰就能搞定。因为对冰毒的痴迷，这些人随时供我差遣，可以为了我撒谎甚至是杀人——当然也可以直接把我给干掉。

为了得到冰，女人们给我们打扫房间，洗衣服。刚开始一切都还很正常，但是没过多久，她们就开始光着身子打扫了。当时冰毒刚刚问世不久，还有着莫大的吸引力，所以来这儿的女人都挺有魅力，穿着打扮也很光鲜。为了换取一些冰，她们提供各种性爱服务。已经结过婚生过孩子，比较年长一些的女人，会为所有毒贩子提供口交和性交服务。几个月之后，这些女人身上渐渐开始出现上瘾症状，她们瞪着血红的眼睛，顶着乱蓬蓬的头发，看起来十分邋遢。

有一次，我正在一个售卖点工作，一个外号“精神科医生”的客人来了。她的口交技巧堪称精湛，甚至打包票不满意不要钱。那一天，她把目光对准了我。当时才十四岁的我，就那样靠在毒品贩卖点的墙上，享受了一次口交。我一直认为只有大人才能享受这样的待遇。

就像许多来买毒品的女人一样，“精神科医生”说了一大堆甜言蜜语，让我相信跟一个成年女人发生关系是正常的。我同意了这笔交易，只是并未意识到一个问题：如果不是因为毒品刺激，她这样专门攫取年轻毒贩泛滥的荷尔蒙，其实就是个恋童癖。

话说回来，十四岁的小屁孩儿竟然能对成年女人提出性方面的要求，这让我有一种高高在上的快感，仿佛我的快乐是她们唯一的目标。没过多久，我就无法与同龄的女孩儿交往了——毕竟我所习惯的那种享受，她们还没学会。从小到大，大人们总是告诉我要尊重女性，赞美女性，但是现在我打开了新世界的大门，才发现在这个世界里，这些规矩统统可以丢到九霄云外。仔细想想，我们这类人对女性的厌恶情绪，其实部分源自于冰毒的流行。在我小的时候，几乎没听到过男人把女人称呼为“婊子”“烂货”，但是在街头，这些词却很常见。

日复一日，我们心中的道义感被渐渐淡化。自甘下贱的人我们瞧不起，由鄙视开始，有时会生出欺诈和操纵的意图，在与客人打交道的时候，这些我们统统都经历过。一次又一次的试探与犯错之后，我明白了一个道理：**别人都是靠不住的。**

最重要的是，我知道冰毒是不能碰的，它会毁掉人们的生活，摧毁一个个家庭。我亲眼见到自己喜欢的人成为冰毒和吸管的俘虏，让我景仰的人为了赊几颗冰，匍匐在我的脚下。我看见曾经是体面优雅的老师、家庭主妇、学生或是收银员的女人们堕落成瘾君子，为了毒品出卖肉体。

那年夏天，米克在这一带新开了几个零售点。我们就像正常的公司一样尽情扩张，不断吸引新客户，赚越来越多的钱。我每卖出一百美元的冰就能赚十美元，另外还加两美元奖金。我们现在不卖五美元一颗的冰，改为卖更大的，二十美元一颗。以前我每星期能赚三百五十美元，现在每卖出一千美元的冰能赚三百美元。生意特别好的时候，一天就能卖出三千到四千美元的冰。

我的忙碌和努力帮米克赚了很多钱。虽然我整天都照看着他的零售点，却从没想过自己被他剥削了。我只知道我衣着光鲜，腰包充裕。我没制订过长远计划，也没想过该怎样全身而退。我唯一关心的只有我身上的衣服和鞋子，还有在别人心目中的印象。

我失去了真正的目标，变得愤世嫉俗，最终失去了对自我的认同。我渐渐成了一个冷酷无情、麻木不仁的残忍掠食者。与同伙们相比，我性格本来不算特别易怒，也不常动手打人，但是干这一行是躲不开愤怒和暴力的。没过多久，为了生存，我就不得不倚仗它们了。

6

密歇根州，底特律市，韦恩郡监狱
1991年8月

我站在我们位于布莱克斯通街，那栋小小的平房前门处，等着布伦达来开门。周遭是熟悉的街道，我的心里充满了期待。听到她的脚步声从里面传来，我的心像擂鼓一般“怦怦”直跳。

布伦达打开门，带着明媚的笑容扑向我的怀里。

“我好想你。”她紧紧抱着我，在我的脸上不断印下温柔的吻痕。

“我告诉过你，总有一天我会回来的。”我也收紧了手臂，紧紧拥抱着她。

有人敲我的牢门，把我从美梦中惊醒。要是平时，这样的美梦被打断，我准会火冒三丈，不过这一次我却笑了。因为我知道，美梦即将成真，再见到布伦达不过是时间问题。

此刻是凌晨两点钟，站在门那一侧的黑影很可能是牛郎。现在我们有办法随时打开牢门，从牢房里出来，比如想抽烟或是打电话的时候。方法很简单，就是在床单上打个结，把这个结滑入门框中，使劲晃动直到门闩弹开。警卫从来不在这一区的控制中心待着，我们已经摸清了他们巡视的规律，所以知道他们什么时候来，什么时候走。

“我有事要说，就一会儿。”G 说着，将打好结的床单从门下方滑进来。我们打开了门，我抓起几根香烟与 G 一起走进了活动室。

“怎么？”我一边点燃一根烟一边问。

“可能牛郎和佳波也想加入。”他说。

“你跟他们说起过？”

“是的，但是没告诉他们细节。”

知道他没把计划和盘托出，我松了一口气，因为我希望每次商量越狱计划的时候，自己都能在场。虽然首先想出这个点子的人是 G，但他后来发现自己的计划——先打昏一个警官，然后穿上他的制服——根本不可行，所以后来我成了真正的策划人和执行人。不过，我的计划可是非常缜密的。

“去看看他们醒了没有。”我熄灭了香烟小声说。

我们悄悄摸到牛郎的牢房门口朝里面一瞧，见他正坐在桌前与室友聊天。我敲了敲窗户，把他叫到门口。

我们开了门，然后去找佳波。我问他们对于越狱有何想法。佳波的案子还等着上庭，但是他知道自己肯定判得不轻，牛郎也在等着受审。我的宣判日就在几个星期之后，所以我没什么好失去的。但是他们情况不同，所以我想确认，在我还没说出具体的计划之前，他们是不是铁了心站在我们这一边。

他们说，只要我们不是说着玩玩，就一定要一起逃出去。于是我告诉他们，计划将在本周日进行，我们有 5 天时间进行策划。

我本想把越狱的事告诉 L，但是我知道他只会劝我放弃。L 是个基督徒，一个真正的宗教信仰者，经常从《圣经》中引经据典。我们尊重他的智慧，但是在当时那种情况下，我不愿意把自己的自由，维系在一个看不见摸不着的上帝身上。在混街头的四年时间里，我只信奉钱和枪，所以我不打算让 L 说服我放弃，也不想听到他的任何说教，关于该如何信任上帝。我想要的是自由，我要与布伦达和我们未出生的孩子团聚。

牛郎建议从别的犯人和负责分发床单的警卫那儿，尽量多搞些床单来。我把钢管藏在自己的床垫下面，耐心等待着周日晚上的到来。我们竭尽全力才按捺住兴奋之情，生怕让其他犯人看出端倪。不过每当我们私下聊起这事儿，总忍不住讨论一番出去之后有什么打算，比如吃什么美食，搞什么样的女人，怎么喝个一醉方休，怎么挣大把大把的钱。

那一周里我每天都跟布伦达通电话。她告诉我腹中宝宝成长的点点滴滴，我们谈论着重聚后要做的每一件事情，继续畅想着共同的未来，虽然事实上我还在等待宣判。我总是说很快就会回去，不过她却不知道距离我的誓言成真还有多长时间。

终于，周日到了，我们一整天都忙着做最后的准备，比如把在餐厅吃饭时省下来的食物放到一起，并且确保每个人有额外的袜子和 T 恤衫，这样成功逃脱后我们可以有衣服换。郡监狱不允许犯人穿运动鞋，所以我们打算在各自的浴鞋上套上短袜，用来吸收踏在地面上发出的脚步声。

那一天的每分每秒似乎都过得特别慢，最后，夜幕终于降临了。值班警卫完成凌晨两点的巡逻后，牛郎打开了自己的牢门，来到我的门前。他把囚服罩在头上，像忍者的面罩一样把整个脸包起来，我也有样学样地做了个面罩，然后配合他把我的牢门打开。我的室友问我怎么了，我叫他只管回去睡觉。我和他聊天的时候不多，所以他也就随我去了。那天晚上锁门之前，我已经把钢管从床垫下拿了出来，所以走出牢房时，我把它抓在了手里。这也是牛郎第一次亲手拿到这玩意儿。

“该死，伙计，这真他妈的沉啊。”他掂量着钢管的重量，与此同时我正在帮 G 打开他的牢门。

随后我们又把佳波弄了出来。四个人都到齐了，重头戏要开演了。G 是我们几个里面块头最大身体最强壮的，所以由他打头阵，把厚实的树脂玻璃窗砸烂。第一棒的声音简直和枪声一模一样，接下来他一下比一下砸得更有劲儿。听着 G 砸窗户的声音，我的心也跟着怦怦直跳，兴奋得全身血液都沸腾了。

过了一会儿，G 停下来，把炽热的钢管交给我。不知道哪个牢房里有人在喊，让我们赶快停下，省得大家跟着倒霉。G 走到那家伙的窗前，告诉他闭上他的鸟嘴上床睡觉去。我笑了笑，继续砸窗户，把 G 已经造成的破坏进一步扩大，对“砰砰”的敲击声听而不闻。

终于，玻璃的边缘松动了，我们推开了窗户。我试着从窗框的两个护栏中间挤出去，但是能出去的只有一部分肩膀。只能再想办法把其中一根护栏弄弯。我们将管子楔入墙壁和栏杆之间，来回摇动着它。

又过了几分钟，撬开的空间已经差不多够了，只要沿着绑在一起的床单爬下去，我们就可以奔向自由。旁边牢房里的家伙们纷纷喊我们快回去，但我们全都装聋作哑。眼下唯一重要的事情就是逃出去。

我们继续忙活了十分钟左右才停下来，然后挨个儿尝试是否能从窗户钻出去。轮到我时，我把头使劲儿从栏杆中间伸了出去，然后继续往外挤，努力呼吸着外面新鲜的空气。就在这时候，从街上传来一个女人的喊声：

“嘿！你在干吗？”

我立马弹回来，告诉G我们被发现了。一个目击证人足够毁掉我们的整个计划了，可是我们为此付出了那么多的努力，回头太不甘心，所以还是奋力撬着旁边那根护栏。但我们不知道的是，外面那位女士是执行周边巡查任务的警察。不到两分钟，就有一辆警车开过来，在那个位置停下，开始朝窗户闪起警灯来。

“他妈的，全搞砸了。”我转身对他们说。我的心一下子沉到了谷底。越狱行动失败了。

我们面面相觑了一会儿，决定还是各自回各自的牢房。但是直到走到牢房门口，我才突然想起，我们把那根钢管——我们最直接的罪责证据——留在了活动室里。我赶紧跑回去，抓起钢管就往窗户外扔，然后冲回自己的牢房。执勤的警卫随时可能冲进来，所以我得尽快把可能显示我出去过的证据全部销毁。我把袜子从拖鞋上取下来，抖掉身上的玻璃碴儿，然后脱下套在外面的那件T恤衫，跳上床，一把扯过来那块粗糙的羊毛毯，铺头一盖，努力地装睡。

至少过了二十分钟以后，警卫们才搞清楚是哪个区的犯人意图越狱，这简直是我人生中最漫长的二十分钟。我听着自己剧烈的心跳声，当警卫打开大门的时候，我几乎可以百分之百地确定，他们在活动室里也能听到我的心跳声在回荡。警卫们终于冲进来，打开了所有的灯，将整个活动室照得亮如白昼。

一个警察大声吼着口令，然后警卫们挨个儿把我们这些犯人从牢房里拉出来。他们用力把我们推搡到靠墙的位置，让我们脱个精光，站在活动室中央，还威胁我们，如果不老实交代就要挨揍，或是被手电筒爆头。我以为一转身就会看见几个犯人用手指着G、牛郎、佳波还有我，但是当我真的转过身去，才发现我们的身份保密工作竟然做得这么好。那些家伙个个茫然状，根本没人知道是谁，或是到底有几个犯人试图越狱。

警卫们有些恼火，他们没能从犯人口中获得一点儿蛛丝马迹，只能像暴风过境一般，在我们的牢房里乱翻一通，把我们的照片、信件、买来的杂货跟床垫一起，一股脑地扔到活动室的地板上。我们这伙人真是走了狗屎运。因为这样一来，每个犯人的物品里都被混上了玻璃碴儿，犯罪现场就这样彻底毁了。其中有个警察大概意识到了这个错误，便命令我们全部回到自己牢房里。

我们接到通知，除非监狱方把事情查个水落石出，否则犯人们将一直被锁在牢房里。后来有人受不了，才把我们给供了出来。虽然一直没查出这人是谁，不过据我所知，原本还有第五个犯人打算跟我们一起走，只是在最后一分钟打了退堂鼓。他是唯一一个了解计划的局外人，我们都怀疑就是他告的密。

我回到床上躺下，努力忍住了失败的泪水。此刻是凌晨五点钟。我是那么渴望逃出去与布伦达相见，却只能无可奈何地困在这方寸之地。一想到布伦达要独自把孩子生下来，我就烦躁难耐。直到这时候，我还是没能真正明白自己已经被监禁，已经远离家人和朋友的事实。我并未停下来好好思考，自己的罪行对受害者和他的家庭造成了怎样的伤害，反而整个人都陷入了自私和拒绝承受的虚幻状态中。

几小时后，警卫又来到我们这一区。他们直奔牛郎的牢房，给他和他的室友铐上手铐，带走了。我站在窗前竖起耳朵努力听动静。原本以为，他们只是常规性地带走一些犯人做调查，因为牛郎的室友一样也被抓走了，但是又过了一会儿，警卫们来到我的门前叫我出去。他们给我铐上手铐，把我的东西全部装在一个箱子里，并且说我犯了试图越狱罪，所以被罚关单独禁闭。

禁闭室里既没有大铁门，也没有室友，只能独自一个人待在牢房里，整天与不祥的铁栏杆面面相觑。那里面的日子真是度日如年。我总是躺在地上，朝有裂纹的窗户望出去，那儿能看到一条街，街上整天车来车往，能听到各种声响。有时候我会看着蟑螂沿着走廊来回爬动，而其他犯人则透过铁栏杆谈天说地。有时候我们会坐在各自的禁闭室里背诵喜欢的嘻哈歌词。

有的时候，我们也会说起各自的童年。听了他们的故事，我才知道我们曾经都受过多年的虐待和忽视。所有的犯人曾经都是受伤的孩子。我们大部分来自糟糕的家庭，挨鞭子是家常便饭，恶毒的咒骂更是没完没了。我们不是天生的坏种，只是因为做了些糟糕的决定，最后又被这些糟糕的经历，塑造成了现在的样子。我们是父亲、兄弟、叔叔、毒贩、抢劫犯和杀人犯，但又不是单纯的其中某一种角色，可是与其说是这些身份的综合体，还有一种更加准确的说法：**我们遭受过失败和冷遇，有过承诺和目标，一路走来，变成了今天的模样。**

一个星期后，我的案子开庭，结果是被判十四到七十年监禁。

7

密歇根州，底特律东区威尔希尔街
1986年

“外面有警察！”约翰发出了警报。有人在用力拍打前门，我赶紧冲下楼去一探究竟。约翰向来爱疑神疑鬼，可是这一次我朝窗外一看，门口真的停着两辆警车。那么，现在，我最多只有一分钟的时间，必须赶在警察冲进来之前把存货全部处理掉。

我跑了每个屋子，收集了所有冰毒，最后全部扔进了餐厅的排热口。不知道它们最后会去哪儿，只要不落到警察手里就行。约翰见我把存货都处理干净了，这才开门。八个警察举着枪冲了进来，没有出示搜查证，也不知道是否征求了约翰的同意，总之他们就那么进来了。警察们告诉约翰，有个邻居见到我们后院发生了枪击，所以前来调查。约翰说我们这儿没人挨枪子儿，但警察没理会，仍旧在房子里大肆搜查。

这房子里能透露秘密的地方太多了，而且十分明显：装了安全门；客厅的桌上堆着吃剩的科尼岛快餐和一瓶又一瓶的啤酒；没洗的衣服全扔在角落里，旁边放着一长溜运动鞋，更何况地下室还有那么多被吓懵了的客人。

一个中年黑人警察和一个年轻的白人警察领着我、约翰，还有一个叫李的年纪大些的哥们儿走进了餐厅，其他警官则从侧门进入地下室。我知道所有毒品都已经处理掉了，所以刚开始还表现得很平静。可是不一会儿楼下就传来一阵骚动，跟着是刺耳的尖叫声——是警察在殴打我们的客人。我的双手不由自主地颤抖起来。楼下的瘾君子们发出阵阵哀号，像马上要被打死了一样。不知道他们到底遭遇了什么，反正我一点儿也不想亲身体验。

我们按照警察的命令举起双手趴在墙上。年轻的白人警官先是搜查了客厅和餐厅，接着把注意力转到了我们身上。他搜李的身，直接把从口袋里搜出来的钱给没收了。李表示抗议，在出示支票的存根后，警察不得不把钱还给了他。然后这位警察朝我走了过来。同样是一番搜身后，他问我毒品藏在哪儿。他搜了搜我的口袋，又把手插入我的裤头里，往后一拉，想确认我的内裤里是不是藏了东西。

在没有任何征兆的情况下，那警察猛地一拳打在我的蛋蛋上。那一瞬间，我感觉身体里的空气仿佛一下被抽空了一样，整个人缩成一团，重重跌倒在地，躺在那儿无法动弹。这时候警察开始从我的口袋里往外掏钱。

“说，毒品在哪儿！”黑人警官的脸上带着得意扬扬的笑，他一边数着从我的口袋里摸出来的钱，一边呵斥道。

我疼得没有力气回嘴。就在那一刻，我心中对警察的最后一丝敬意也消失殆尽了。不论我是不是犯了错，他们都无权这样殴打一个十四岁的孩子。

警察们改变了策略，问我这些钱是怎么来的。我说是叔叔给的，他们却说我在撒谎。我被警察从地板上拎起来，又被一巴掌扇到了墙上。以为接下来会是一顿拳打脚踢，可他们没有继续打我，而是给我铐上了手铐，说我被逮捕了，因为我出没在一所有贩毒嫌疑的房子里。

警察局没有就这次搜查结果向法院提起控诉。虽然我不太懂法律，但是生活阅历还是有的，想必将来我们几个再也见不到那几位警察和那笔钱了。这些年来，我渐渐了解了警察内部的不少黑幕，这伙警察也算是给我上了很重要的一堂课。并不是所有警察都不诚实，但其中仍有不少穿着蓝制服，本质却和我们一样的混混。我们都是机会主义者，能捞一把的时候，自然是要捞一把的。

经历过这场突然搜查后，威尔希尔街的吸毒点照样生意兴隆，小兄弟们大把大把地挣着钱。我们会坐着米克的牧马人吉普车和庞蒂克[⑧]，开着轰鸣的音乐跑到皇家溜冰场去，会人模狗样地穿一身名牌出门，口袋里揣着鼓鼓囊囊的钞票，我们跳着舞、骂着娘，好像方圆百里只有自己最了不起。女孩儿簇拥着我们，男孩儿以我们为楷模，我享受着这种感恩节大餐般目不暇给的生活，沉溺在其中无法自拔。这种日子让我们欲罢不能，而且就像上瘾一样，我们总是变着法子给自己找刺激。有时候我们会开车到底特律河中央的百丽岛公园里，把音乐声开到最大，站在车子周围喝啤酒或是抽大麻。更可怕的是，没过几个月，我们这伙人里边就有几个家伙想要嗨一把，他们打算冒险试试大麻和冰毒的混合毒品。起初我是抵制的，只想喝喝酒算了，不去碰其他的。

有一天，李到我们店里找我和蒂瞎混。我们知道蒂是个瘾君子，所以从不把存货交给他保管，可是我不知道李也嗑药。后来我无意中在主卧撞见了他，当时他正把一颗碾碎的冰与一小撮大麻掺在一起。他做出一副没什么大不了的样子，还告诉我说，吸这个不像用吸管“溜冰”那么严重，因为大麻能起到吸收可卡因的作用。

李是最会收买人心的那种大哥——在我们街区长大的年轻人都喜欢他。遇到困难的时候，他能给你各种各样的答案，比如你要是无家可归，他会告诉你怎样去弄点钱，怎样照顾好自己。你觉得他事事为你着想，但实际上，在干我们

⑧ 美国通用汽车公司旗下品牌之一。

这行的人里，他们是最卑鄙的。无论如何，鼓励孩子贩毒或吸毒都不是正常人所为，与这样的人为伍，意味着时刻面临危险和威胁。我认识好些被判多年监禁的人，其中大部分都是在社区里这些老大哥的带领下染上毒品，走上犯罪的不归路的。

我看着李点燃了毒品。大麻被烧得“噼啪”作响，可卡因中渗出的油烧透了外面的包装纸。浓重的白烟飘起来，散发出香甜的气味。李马上有了反应。他又深深地吸了一口，然后点点头把大麻递给我。我接过来，在手里拿了一会儿，然后放入嘴唇之间，吸了一口。

那股烟像恶魔一般被吸进了我年轻的肺里。我的脉搏开始不规则地跳动，嘴唇变得麻麻的。身体感觉到一种前所未有的飘飘然，心脏似乎马上就要从衬衫里蹦出来了。很快，我的意识开始模糊。我起身从窗户往外看了十多次，总觉得那里有警察，而且很笃定妈妈下一秒就会手拿皮带出现在门口，狠狠抽我一顿。

李向我保证，这些感觉都是正常的。没过多久，蒂也加入进来，那天晚上我们嗑了个痛快，把卖那包冰挣的钱都用了个精光。我给米克打电话叫他补货，可是在等他的时候却忍不住疑神疑鬼。米克警告过我千万别染上冰毒，我担心刚才打电话的时候他已经听出我嗑嗨了。终于等到米克的出现，我大大地松了口气。我告诉自己，这辈子永远也不要再碰那破玩意儿了。不过说实在的，就在说话的当时，我也知道自己是做不到的。

接下来的一个星期，嗑药成了家常便饭。一开始，我们会自掏腰包买毒品，但是赚的钱根本比不上消耗毒品的速度。三个人每天嗑药花的钱已经超过了一千美元。我的世界开始天旋地转，天翻地覆，天崩地裂，但十四岁的我还没真正学会怎样去思考。

那个时候，我同时还在梅登街的一个零售点工作。这是一栋复式建筑，我们在楼下做生意，楼上则住着一大家子。其中一个叫凯文的侄子，刚刚二十出头，是个经验丰富的毒品贩子。我们简直是一拍即合，一起整夜整夜地嗑药和聊天。有一天晚上，我们嗑得太嗨，当时就决定，等米克再给我补货的时候，我们就把那一袋价值一千美元的冰，拿到底特律的另一个地区去开店。在那种头脑不太灵光的状态下，我们得出了结论：没有米克，我们的生意会做得更红火。

第二天，米克的确来补货了——我们也真的把那袋冰据为己有，只是我们没有拿去卖钱和卷款逃跑，而是和凯文认识的几个瘾君子一块儿吸了起来。等到所有冰都被嗑完，嗨劲儿也下去之后，我才意识到，自己没别的地方好去，只能回到以前混日子的街区。这是我少年时期犯下的最严重的错误。

我害怕见到米克，可是东躲西藏了一整天，还是没能避开他。他开着车，带着两个打手找到了我，命令我上车。虽然那时候药劲儿还没彻底过去，整个人也慌乱不堪，但我还是绞尽脑汁地想着对策。米克问我跑到哪儿去了，又问我把那些冰毒怎么了，我骗他说警察把我们那个点给端了，还把我送去了青少年之家。我甚至告诉他可以去找我妈当面对质，因为早上是她把我从青少年之家接出来的。没想到这番鬼扯还真让米克听进去了，他真的一踩油门，加速朝我妈妈家开去。

我坐在后排座位上，被吓得魂都没了。妈妈对我现在干的勾当一无所知，如果我带着一个毒贩和两个打手出现在她面前，她会怎样想？车子离她家越来越近，我也越来越意识到自己没那个胆子实行自己的计划。再说，不知道他们会拿我妈怎么样，我可不希望因为自己让家人受到牵连。

想来想去，我还是乖乖地把事情经过和盘托出。我告诉米克，那一袋冰都被我们吸完了。

米克大吃一惊。另外几个家伙一直觊觎我们的存货，他是知道的，但是却没想到我竟然也敢尝试这种东西。可是米克的打手却淡定得很。虽然我是个瘦骨嶙峋的十四岁小孩，刚刚脱离母亲的照顾，他们可管不了那么多——这些人已经在街头练就了一副铁石心肠，在他们的字典里没有“同情”二字，况且他们正急着拿我开刀呢。

米克别无选择，只能按打手的心愿去做。他得照着街头规矩办事，否则所有人都会知道他是个软心肠。

他们把我带到梅登街的那栋房子门口，米克的一个打手抓住我后背的衣服，把我拽了进去。我向米克求情，保证我会把偷拿的钱还清——所有的钱，一分都不少。但是我的保证对他而言等于放屁。他靠在墙上，居高临下地看着我说："我能指望一个吸毒的人还我一袋冰吗？"

这话给我的打击比挨揍还要狠。它们让我看清了眼前的事实：我已经成为自己厌恶的那种人——我曾经很是自豪地把毒品卖给像我这样的瘾君子。

我们刚到客厅，米克就转身冲着我的脸来了一拳。我踉踉跄跄地往后退去，没等我站稳，一个打手给我的后脑勺又来了一拳。我拼命地反抗，但是一个十几岁孩子的力气跟两个大人根本没法比。米克的两个打手很快就揍得我全无还手之力，我被彻底打趴下了。等米克出手阻止他们的时候，我已经躺在了一片血泊之中。

我瘫在地上，想着自己肯定就要死了。我的鼻血狂流，整个左半边脸都肿了，呼吸也感觉很困难。米克要我爬起来把自己收拾干净，然后待在那儿等着他们回来。在一片混沌中，我迷迷糊糊地看着那两个打手，脑子里却想着屋里应该还放有一把枪。不过我知道自己没胆量朝别人开枪。

全都是我的错。是我把一袋冰抽了个精光，还妄想瞒天过海。尽管如此，尽管我明知道米克已经让他们下手轻一些，却还是觉得他对不住我。我是那么崇拜他，把他当成大哥，但是事到临头，他不过只是把我当成一个马仔。我的心里感到深深的刺痛。我想，如果米克可以选择丢下我，那么所有人都可以丢下我。那一刻，我暗暗发誓，接下来谁要敢碰我一下，我绝对跟他拼命。

我跌跌撞撞来到浴室，盯着镜子里的自己：肿得开裂的嘴和像核桃一样的眼睛。我感到孤单无助，可是哪怕再想哭我也不能哭。我不知道接下来该干什么，也不知道该到哪里去求助，我害怕米克和他的打手随时会回来，把我揍得一命呜呼才收手。但是几分钟后，我听到了他们离开的声音。

我重重跌坐在地板上缩成了一团，脑子里开始回响起爸爸妈妈说过的话。他们给我讲过很多有关上帝的事情，可是在那一刻上帝屁用都不顶，我诅咒他们那金发碧眼的上帝。他为什么眼睁睁地看着我遭遇这一切？当我需要耶稣慈爱的臂膀时，他在哪儿？当我躺在贩毒点的浴室地板上时，我的父母又在哪儿？

这时候，我听到似乎有人正在下楼，便赶紧从地上站起身来。脸上仍旧一阵阵抽痛，肋骨也痛，每呼吸一次像被人捅了一刀似的。我站在洗脸池旁打算把嘴里的血水漱清，这时候传来了一个柔和的声音，这个声音在问我是不是还好。

我抬起头，是那个叫莎伦的女人，她和她一岁的儿子住在楼上。我点头表示我还好。莎伦用饱含同情的目光看着我。她拿来一块毛巾，一边用冷水给我洗脸，一边告诫我赶紧远离这个行当，离开米克。我觉得无地自容，而且莎伦的劝告让我隐隐有些不快——虽然我知道她是对的。

第二天早上，我敲开了我的干姐姐塔米卡的家门。她打开门，一看到我的脸，马上就大哭起来。她说她要狠狠揍米克一顿。我和塔米卡是一路并肩作战长大的，不论谁找她麻烦，我总是帮她撑腰，每当我需要时，她也总是毫不犹豫地帮我出头。我把事情的来龙去脉详细告诉了她（不过我隐瞒了自己嗑药的事），她说我可以住在她那儿，想住多久就住多久。那里不是我的家，但是独自在街头为了生存漂泊好几个月之后，这是一个重新开始的好机会。

遗憾的是，毒贩特有的生活模式已经深深侵入了我的骨髓。我有过无数从头开始的机会，但是每一次我都坚持不了几天，最后又回到老路上去。

8

密歇根州，底特律市，韦恩郡监狱
1991年9月

等待宣判结果的那天，我带着自己和布伦达的合影，待在法庭外面的候审室里。这里共有十五个犯人。我正要坐下来的时候，注意到有个人刚刚走了进来。那人浅色皮肤，梳一个长马尾，我说不上来他是谁，只是觉得好像有些面熟。他打量着候审室里钢筋水泥墙面上满满的涂鸦。

然后他问了我们一个问题：“一个被判终身监禁的家伙强奸了另一个犯人，法官会拿他怎么办？”他看着我们，等着我们的答案。

有几个家伙说，法官拿终身监禁的犯人没什么办法。那人琢磨了一会儿，又说面临着这个问题的正是他本人。

我顿时想起来了，眼前这位就是我的室友说过的那个赛文。他看着一点儿都不像会干那种破事的人，至少不太符合我想象中赛文的样子。设想中，他应该是个野蛮的家伙，秃头，嘴里喷着口水沫，脸上一道道疤痕，可是实际上，他看上去跟普通人没什么两样。

几分钟之后，轮到我去接受郡法官的判决。

那一年我十九岁。

我走进法庭，看到我的父母、布伦达，还有从俄亥俄州赶来的前女友妮奇，他们都坐在观众席的第二排。我微笑地看着他们，心里却苦涩极了。他们是这世界上最爱我的人，我不忍心看着他们难过的样子，便转过身去面对法官。

我对判决没有太大的期待。律师曾经信誓旦旦地保证，我的刑期应该不会超过十年。他建议我老老实实认罪，法官会念在我年纪尚轻，而且几年前遭遇过枪击而从轻发落，所以我听了他的话。虽然接下来要在牢里蹲上十年，但是因为看到过其他类似的罪名被判四十年、五十年，甚至六十年的案例，相比之下，十年还算是轻松的。

我人不算笨，又有高中学历，读书成绩也很不错，但弄不懂哪些法律条款适用于我的认罪协议。我以为律师与法院谈好了，如果我认罪，就只判十年。可是，就在我做好心理准备，打算接受这一判决的时候，法官却告诉我，他们并没有提前达成任何庭审协议，我仍旧可能被判处任何年限的监禁，包括终身。

我的心里五味杂陈。我还年轻，对于我而言，司法系统是那么高高在上，威严不可侵犯，所以最终我还是认了罪，没有争取较短的刑期或是要求上诉。

“怀特先生，”法官说道，“本法庭认为你对于一项二级谋杀的控诉没有异议，无申辩请求。”

他从一沓文件中抬起头来看着我：“你明白这意味着你放弃了自己的法官审理权或陪审团审理权，同意由本法官做出任何裁决，包括终身监禁吗？”我点点头。

接着，他问我想不想说点什么，我说有。我向被害人家属道歉，请他们原谅我对他们的至爱造成的伤害，然后我请法官对我宽大处理。

我的发言结束后，法官低下头去看着量刑指南。我的身后传来沉重的呼吸声，还有人紧张地用脚拍打着地面。一套写在纸上的计算方法竟然能左右我的生活和未来，这是多么怪异的事情，可是那一刻我太紧张了，根本没想起这个问题。

法官完成了计算，再次抬头看着我。“本庭现就詹姆斯·怀特案做出判决：怀特先生因犯有非法持枪重罪被判两年徒刑，犯有二级谋杀被判十五至四十年徒刑，依照此顺序在密歇根州监狱服刑。”

我顿时双腿一软。怎么会是这样的结果？我的人生还没有真正展开，根本无法理解二十、三十甚至四十年的牢狱生涯是个什么概念。我的肩膀往前一塌，头也深深垂了下来。身后传来妈妈和布伦达的哭喊声，我却不敢转身面对她们，而是径直朝门口走去，由法警带着我回到了候审室，回到之前放包的那条长椅旁。

我坐下来，将头倚在墙上，感觉两个眼珠就要从眼眶里爆出来了。我停止思考，切断了与从前生活有关的每一点快乐记忆，不愿再去想之前的生活是个什么样子，就要坐牢了，再去想那些只会更加烦乱。

就在这时候，律师把我叫到会见室，解释了一通和我的案子有关的申诉条件和判决先例，但是对于我来说，这跟听中国长城设计图的解说没什么区别。我的悲伤已经转化为熊熊燃烧的怒火，脑子里装不下任何别的事情。还好，回到候审室之后没人问我问题，不然我的反应有可能会让自己罪加三等。

我盯着地板看了一会儿，又朝左边看去，发现赛文正将一个白人小伙儿往候审室旁的小卫生间里引。这人的每一个毛孔都散发着邪恶和堕落的气息，想到接下来的 17 年要与这样的人为伍，我心里更加地难过。

两天后，我被转到更加偏僻的河边监狱，那里是密歇根州监禁所有二十一岁以下罪犯的地方。从底特律去爱奥尼亚县的囚车开了两个半小时，最终停在了这座监狱的门口。铁丝网栅栏看起来阴森森的，像螺旋状排列的牙齿，仿佛正饥渴地期待着新鲜的血肉之躯，看得我心惊胆战。我们的车在停车场绕了一圈儿，然后开进监狱前方的一个检查站。警察们检查好各自的手枪，在货车后面围成一圈，命令我们出来。我们爬下车，拖着脚镣，被一个个押送进了那栋建筑。

监狱外修建得十分齐整的草坪最先引起了我的注意。在日渐颓败的底特律城区，到处是年久失修的学校，如同疥癣一般遍布在这片土地上，可是这儿却与它们形成了鲜明的对比。几年后我才理解这其中所有的政治权术。我们这个州似乎更愿意将钱花在监狱的维护，而不是学校的修葺上。

河边监狱的入狱过程与在郡监狱时差不多。我们按照命令脱下自己的衣物，站着转圈，在人群面前袒露身体——我在整整十九年的人生中总共也没认识过这么多的人。经过一番脱衣搜身之后，我感到自己与自己的身体仿佛被割裂开来，我不再属于我自己了。

按照规定穿上蓝色囚服后，我们被挨个儿叫到一张桌前，有位警官正在那儿等着我们。轮到我的时候，警察问了我的名字，告诉我现在的编号是219184，并且敦促我牢牢记住这个号码，就跟记自己本来的名字一样。我一边琢磨着她的话，一边排着队来到下一扇窗前，取回监狱发给我的囚服。

在新人训诫会上，一位警官给我们讲解了监狱里的日常作息和规定，并且列出了一串该做和不该做的事项。他说千万不要赌博、借钱或是和别的犯人乱搞，还提醒我们尽量少打篮球，这都是容易引起是非的事情。他告诉我们，违规的人会被锁在自己的牢房里或是被罚单独禁闭。

他还说，我们当中的有些人会过得比较轻松，有些人会惹上无穷无尽的麻烦，还有的人根本就熬不到最后。他没有给出进一步的解释，不过没过多久我就完全明白了他话里的意思。

那一晚我站在牢房的床边，盯着外面漆黑的天空。窗户上的玻璃破了些小洞，我能感觉到凉爽的秋风正从外面徐徐吹来。一想到自己把生活搞得如此糟糕，不由得一阵悲从心来。我无法不去想那两个享受不到父爱的孩子，前一段感情留下的那个女儿应该有五个月大了，而布伦达腹中的胎儿也将近五个月。我把这两个小生命带到世界上来，却无法照顾和养育他们，一想到这里我就心如刀绞。

我质问上帝为什么允许这样的事发生在我身上，因为我仍旧无法理解自己怎么会跌进这样一个黑暗的深渊。我凝视着高墙外的天空，回想起所有不堪的往事，觉得自己很可怜，接着这种感觉很快就变成了愤怒。我痛恨上帝，痛恨父母，痛恨我的老师们以及每一个我认为对自己有愧的人。我觉得自己不值得被爱，似乎没有人真正关心过我，没有人过问我为什么会走上这样一条不归路。我不停地追问自己，怎么会落到这样的地步。就在我感到越来越愤怒的时候，发现窗外出现了几只流浪猫，它们正围着主食堂后门附近的一个垃圾箱嗅来嗅去。在那一刻，我甚至愿意成为它们当中的一员，让我付出什么代价都可以。它们虽然在垃圾里觅食，却可以自由地在外面游荡。

接下来的几个月，我很少与别人打交道。虽然困在监狱里，人很容易感到孤独，但是我宁愿一个人待着，也不想跟下三滥或是话不投机的人混在一起。更重要的是，我一直在想该怎样才能与家人重聚。

我思念着家里的一切，总是想方设法与爸爸和布伦达联系。第一次从监狱里给爸爸打电话，他说着说着就失声痛哭起来。我完全不知道接下来该说些什么。这是最叫我难受的一次通话，也是我第一次意识到爸爸被我深深地伤害了。他是怎样对朋友们解释，说自己的儿子坐了大牢，并且要在里面待上将近二十年或更长时间的呢？我只能靠想象来揣摩。他说很快就会和我的继母一起来看我。乔治娅和布伦达也有来看我的计划，所以接下来的几天，我整天都想着探视的事，到了晚上，则怀着与家人亲近的期盼在自己的牢门旁走来走去。

白天，我手边有什么书就读什么书，甚至一度读起了《圣经》。一开始我会读那些与自己处境相仿的故事（比如《约伯记》[⑨]），可是没能获得想象中的平静。于是我放下《圣

---

⑨ 《约伯记》是《圣经》旧约的一卷书，讲述了约伯的故事：一个失去了财产和子女并患有重病的男子如何坚强面对生活中的坎坷。

经》，开始读起那些能让自己逃避现实的小说来。

一天，一位警官把正在拖地的我叫到他的办公室，说我有客来访，去做一下准备。我万分激动地回到牢房，先是去淋浴室冲了个澡，然后赶紧来到会客室。见到布伦达的那一刻，一种深深的渴望顿时淹没了我。她虽然身怀六甲，但笑容甜美而温柔，依旧光芒四射。我们互相拥抱，温柔地亲吻着彼此，就像第一次拥抱和亲吻一样。她把我的手放在自己的小腹上，让我感受胎动的奇妙，这让我愧疚得抬不起头来。布伦达看起来如此柔弱，而我却无法为她抵御一丝一毫的伤害。

布伦达和乔治娅把街坊四邻的消息讲给我听，然后我们聊到布伦达肚子里的孩子和预产期。布伦达说，等我回到家后她就跟我结婚，还承诺会一直等我。而我听着她的话，却不敢放任自己相信这一切会成真。因为我知道，自己不仅仅是缺席一天两天，她不应该承受那样的压力。不过，这个问题我暂时不打算深思。当时的我并不知道自己的直觉准确到了什么地步。事实上，在我服刑期间，这是唯一一次与布伦达的相见。

又过了一周，家人们也来看望我了。爸爸带着我的继母、继母的孩子，还有两个妹妹一起赶来，布伦达也跟着一起来了，可是因为 ID 出了问题被拦在外面。爸爸告诉我她在大厅里哭了起来，但是不用为她担心。他向我转告布伦达的话，说她爱我。

探视的这段时间里，大家最关心的问题，几乎都是我能不能适应监狱生活。看着年幼的弟弟妹妹们，我为自己没能做一个像样的老大哥而感到愧疚。

妹妹纳基亚抬起头看着我，提出了一连串叫我害怕的问题："哥哥，你还好吗？里面是什么样子？"她的问题天真无邪，回答起来却很沉重不堪。在这些看似简单的问题背后，隐藏着极度的恐惧，可是我到现在才明白个中原因。坐牢并不是一个人的事，全家人都在陪你一起受苦。

探视一结束，我便径直回到牢房里。我不想与任何人说话，因为想把家人在一起的每一个点滴，尽量长时间地保存在记忆里。我希望他们的气息能久久停驻在我的鼻翼，想记住每一次触摸他们的感觉。只有这样，才能让我想起自己尚存的几分人性。

9

密歇根州，底特律市，东玛格丽特大街
1986年

塔米卡的家对我来说是个理想的贩毒据点。她家所在的楼里本来就住着很多瘾君子，一共三层楼，每个房间里都有嗑药的。邻居们知道我有货源后，我只需要坐在楼门前，等着他们匆匆忙忙跑来，用各种各样的方式付我钱，我就可以把毒品卖给他们。我已经不再吸混合大麻了，所以没几周就赚了一大笔钱，感觉自己又可以耍耍派头了。

我去海兰帕克购物，买时髦的巴利鞋、丝绸衬衫，然后开始在萨凡纳街的街角游荡，这一带的女孩们都会去那儿。她们崇拜我，当然了，是因为我对口袋里的不义之财挥金如

土的做派，不过她们的瞩目还是让我有种功成名就的错觉。

塔米卡所住的社区，就在帕默公园正对着的那条街上。这个公园是毒贩和卖淫女聚集的地方，异装癖也常在公园里面出没，他们一天会花上好几百，甚至是数千美元。我在萨凡纳街结交的朋友们，常常待在附近一家叫作“特德”的餐馆里，看着外面一群群秃顶的白种男人在伍德沃德街来来回回游荡，他们大都开着昂贵的轿车，从郊区远道赶来，就为了找个异装癖，或是吸毒的妓女。

这便是我们街区许多自相矛盾的方面之一。富有的白人可以随意到我们这儿来买毒品和性服务，要是因为召妓被逮捕，他们顶多被随便罚一下，然后转头就可以回到安全的郊区去。可是对于我们来说，孩童时代经常去玩耍的公园不再安全了，曾经让我们引以为傲的那条街道，如今也都成了被人遗忘的臭水坑。

我卖了整整一年的毒品，事情似乎渐渐有了起色。我的两个干哥哥从芝加哥回来，开始和我一起干起了贩毒生意。不久，我就和干哥哥艾伦一起搬回从前的老社区。艾伦的女朋友也带着他们的女儿一起搬了过来，我们家似乎有了一些记忆中的样子。可惜好景不长，残酷的街头生活很快便再次露出了狰狞的面目。

有一天，我们正站在外头闲聊，一个外号叫“笨蛋”的女人哭喊着从街的那头跑来，她说堂兄贝尔被人开枪打死了。

妈的，我想，我才跟他说过话没几天。我和贝尔是小学同学，毕业后失去了联系，后来常常在格伦菲尔德遇见，所以每次他去看“笨蛋”和“笨蛋”的姐姐时，我总跟着一起去。可现在，他才十五岁就吃了枪子儿。当时的底特律正处于暴力横行的时期，听到认识的人受到暴力侵害，我们并不会表现得特别惊讶。但是在脑海深处，我们每个人都有同样的问题挥之不去：接下来该轮到谁了？还有多久轮到他？

大家口头上从来不说害怕，但是身体语言却骗不了人。我们做事变得越发小心谨慎，当有陌生人靠近自己时，眼神会立即警觉起来，对于任何潜在的威胁，我们的反应一般都很冲动。很显然，我们玩儿得越来越大了。

街区里的人开始内斗。一条条人命被剥夺，最后留下许许多多破裂的家庭、被遗弃的孩子，以及没完没了的残酷的枪击。没有人活该看着年纪轻轻的家人离开这个世界，可这就是现实，它让我们失去了感受生命的快乐和光明的能力。我的心变得越来越冷漠——心冷的人至少肯定不是软弱的人。

我不再关心自己的死活，实际上，我还巴望着自己死的那天呢。这种想法很不正常，却让我感觉一切尽在掌握。如果对死亡敞开心怀，活着就不会再有恐惧——至少我是这样告诉自己的。实际上，我真正害怕的事情是活着，因为活着太痛苦了。在每个街角，我似乎都能看到朝我呼啸而来的子弹，见到每一辆从我身边驶过的汽车，都像是看见镰刀死神驾驭的死亡机器。

总会有那么一天，我要么杀人要么被杀，那是早晚的事。要是我拔枪够快，死的是别人，否则，死的就是我。在街头层出不穷的火并和打斗中，许许多多年轻人就是这样销声匿迹的。这样的生活怎么可能不把一个孩子逼疯？

在临近夏天的一个夜晚，我正坐在客厅，突然听到从前门廊儿传来喧闹声。我朝窗外一看，发现有个男人正拿枪指着干哥哥艾伦的头，艾伦的女朋友高举着双臂站在旁边。

我马上从柜子里抓起一把枪，从后门跑出去，绕到房子的另一侧，再绕过前面的转角，朝那个拿枪的家伙喊话，要他放开我哥哥。他见了我，一把推开艾伦拔腿就跑，看他消失在街角，我扣动扳机放了好几枪。

干哥哥和他的女朋友毫发无损，拿枪的家伙也跑了个无影无踪，我的心却因为紧张和兴奋怦怦直跳。这是我有生以来第一次朝人开枪。

不久，艾伦便决定搬到西边的布莱特摩尔去住了。临走前，他交代自己的一个老朋友，说她和她的女儿可以搬来跟我一起住。在某种程度上，她成了我的监管人，可是我的行为在她的监管下没有任何改变——照样喝酒、滥交、贩毒。最后，我的干哥哥阿尔特让我从格伦菲尔德搬走，因为他厌倦了每次来我这儿，都看到满屋子的大麻烟，以及装大人的十几岁毛孩子，吵吵闹闹。

我想我也应该重新过正常人的生活了，所以给爸爸打了电话，告诉他我想回家。

10

密歇根州，爱奥尼亚县，密歇根监狱
1991年10月

在河边监狱关押三十天后，我和一群犯人被转到密歇根监狱。这个地方以“培养角斗士”而闻名，这名字容易叫人想起罗马斗兽场，一个为娱乐富人们而战斗至死的地方。有人告诉我们，在密歇根监狱，伤人事件是惯常，各种各样的恶性暴力事件已经成为监狱文化的一部分，就像排队领餐的人只能吃到腐烂的泔水也是监狱文化的一部分一样。

运送我们的囚车油门一轰开走了。高耸的灰墙将这个陈旧的大监狱团团围住，任何有关自由的念想都不复存在了。在这里，我们唯一的感受只有恐惧。

不过大家都装出一副无所谓的样子。为了缓和紧张的气氛，我们与一个一起转来的白人开起玩笑来。凯文人不错，是为数不多能被我们这个小圈子接受的白人。牢里大部分来自郊区的白人都喜欢模仿说唱歌手，学他们大摇大摆的架势，这反而让其他犯人很想收拾他们。只有少数白人不干这种偷鸡不成蚀把米的事儿，只是真实地表现自己，所以很少惹麻烦。凯文就是这样的人，他非常务实，而且还很幽默。

等待办理入狱手续时，我们开玩笑说凯文应该一直跟我们混，那样狱霸们就抢不了他的东西了。他要我们滚一边儿去，说我们都得跟着他混才对，不然他得把我们一个个痛扁一顿。大家都笑了。

最后，我被分配到I—80号牢房，大概在这个监狱中心的位置。这个监狱分为两个大区，每个区占据五层楼。楼的一侧对着监狱的操场，另一侧则对着那些巨大的灰色高墙。

站在牢房的门口，我朝自己住的这一层望出去，有种一眼看不到边的错觉。

一走进牢房，我就差点吐了出来。这味儿可太冲了，好像满地都是下水道的污水似的。硬邦邦的绿色床垫上覆盖着塑料膜，垫子有些破裂，枕头扁得像烙饼。洗脸池的水龙头往外滴着棕色的液体，马桶里装满了粪便。我一边捂着鼻子冲马桶，一边祈祷着这些粪便千万别溢出来。不过，当时它们的确没溢出来，但没多久我就知道了，这座监狱的下水道系统已经有上百年历史，完全是个摆设。冲马桶的时候，排泄物最终只会被冲到别人的马桶里去。几乎每天早上我都是被臭味熏醒的，因为某个犯人的大便会突然出现在我的马桶里，就像不请自来的客人。

我同一起转来的几个家伙去操场放风，秋天的空气很新鲜，阳光也灿烂，但是在这块操场上，却有上千个黑色和棕色皮肤的犯人在摩肩擦踵。我还从没去过装得下这么多人的地方。

我们还穿着以前的蓝色夹克，所以站在人群里显得格格不入。（密歇根州监狱的犯人能够从监狱批准的目录单中购买衣服，或是让家人送衣服来。在这样一个以数字替代名字的地方，也算是小小地体现了一把个人的独特性。）

老犯人纷纷打开了掠食者雷达，他们打量着我们的脸，想在其中找个弱者欺负欺负。不一会儿，几个家伙就把胳膊搭在凯文肩膀上，把他给带走了。我们只能眼睁睁地在一旁看着，虽然很想救他，但在敌人的地盘上，我们实在有心无力。

那晚回到各自的牢房之后，我被一阵钥匙的碰撞声惊醒了，发现几个警察和护士一起跑进了我们监区。我伸长了脖子使劲朝远处望，大伙儿也都安静下来，仔细听着事情的动静。大约一个小时后，警察和护士们推着一架轮床，沿着过道走过来，床上躺着一具尸体，一张白布单盖住了那个犯人的脸。我们后来才知道，那是凯文。当我们出去就餐时，消息已经在整个监狱传开：凯文自杀了。

紧接着，就在第二天吃早餐的时候，我第一次目睹了伤人事件的全过程。当时我们正排成一队，沿着后面的台阶朝食堂走去。一个瘦削的黑人兄弟从我们的队伍旁擦身而过，往另一个家伙的脖子上连捅好几下，然后平静地把棍子扔在台阶下的邮筒里。被捅的人捂着脖子，拔腿就往台阶上跑。当我们来到食堂的过道上时，看见一群警察正往这边跑。

那天我直到深夜都没睡，忙着在牢房里四处寻找可以做成利器的材料。在接下来的几年里，我渐渐将这门技术磨炼得炉火纯青。塑料瓶熔化后削尖，其锋利程度足够戳穿一个人的眼睛或肺；面包房里用来冷却新鲜面包的推车，简直是用来制作优质钢棍的材料库；一台搅拌器可以变身成十来个碎冰锥。只要给我一片金属，我绝对能把它改造成凶残的利器。

接下来的几个月，我见识了一次又一次的流血和杀戮。我知道，过不了多久，自己也会被卷进操场上的乱斗中。角斗士训练营还真不是浪得虚名。

又过了几周，我和许多一起转来的犯人再次转狱。我们都不是牢里的老油条，所以管理方认为，还是把我们送到新一点的罪犯教养机构去比较合适。其中有几个人去了位于马斯基根的布鲁克斯，我则被送往卡森城监狱。

这座监狱占地开阔，周围还建有一座监狱和一座农场。犯人们把草坪修剪得非常漂亮，新修的监狱大楼看起来更像是学校的教学楼或娱乐中心，总之与我刚刚离开的那座森严的堡垒截然不同。每个监区都配备好几台微波炉，一个撞球桌，一个拉练器。吃的也好多了，还有去健身房的机会，和每天至少四小时的室外活动。总的来说，与密歇根监狱相比，这里的犯人攻击性更弱，态度也更加乐观。

这是个好地方，不过它让犯人们产生一种方方面面都受到警察照顾的错觉，这可不是一件好事。政府通过更好的生活条件来刺激犯人，让犯人无条件地被驾驭。对于那些喜欢享受额外的福利设施的犯人，这一招特别管用，但是对于关押时间还不够长的我来说，安抚起来就没那么容易了。我依旧对整个教养体系感到愤愤不平。当我违背警官的命令或是与别的犯人发生激烈争执的时候，警察就会让老犯人来找我谈话。老犯人们要我好好表现，别惹麻烦，某一个犯人惹事可能会把别人也牵连进去，他们说。

但是我根本不想听他们的劝导，反而觉得这是在侮辱我。这些家伙以为自己是谁？早知道要这样为政府卖力，在外面的时候怎么不知道为了自己好好工作？为了有微波炉可以用，为了有更多的时间去放风，他们能够忍受警卫们的任何要求。我很感激能有这些便利的条件，但是不打算在牢里追求舒适生活。

我先是住在五区，这里全都是单人牢房。这个区本来是专门关押狱霸和有行为问题的犯人的，但是在其他区位置不够的时候，普通犯人也可能被安排到这儿来。前两周我基本都是独来独往，唯一经常聊天的对象是一个叫做奥尼尔的兄弟。

有一天，奥尼尔告诉我，说他在写一本书，而且很快要写完了。我问是本什么书，他说写的是他们街区的事儿。奥尼尔是臭名昭著的毒品黑帮“小男孩联盟”的成员，他的书里全是以街头生活经历为基础的小故事，每个故事之间没有特别紧密的关联。他问我想不想读其中一个故事，虽然我认为囚犯写书挺可笑的，但鉴于我本身也无事可做，所以就答应了。

可是没有想到，奥尼尔的书读起来几乎一发不可收拾。那个故事只不过是八到九页纸的篇幅，文笔却非常翔实而生动。读完这个故事，感觉就像和奥尼尔以及他的兄弟们一样，踩着阿迪达斯，披着毛皮夹克，戴着宽沿大礼帽，一起经历了一番街头生活。

我把自己的感想告诉奥尼尔，他建议我到图书室去找唐纳德·高尼斯[10]写的书。于是我提出了去图书室借书的申请。一周后来到图书室，我问图书管理员，是否有唐纳德·高尼斯的书。她告诉我有一个单独的藏书室，里面全都是黑人作家的作品。我一进去就在书架上搜寻到了一本高尼斯的小说，书名叫《埃尔多拉多·雷德》。

我拿着这本书找到管理员办理外借，她给了我一份表格，让我在上面签名。表格上声明，如果不慎将书遗失或是被偷，我要缴纳五美元的罚款，只有借黑人作家的书才需要填写这种表格。我一边小声咕哝着种族歧视，一边继续浏览

⑩ 美国著名的黑人作家，最早的两本小说是在监狱里创作的。

那个房间的书架，想看看是否还有别的感兴趣的书。管理员答应帮我留意唐纳德·高尼斯的小说，供我以后借阅。

回到牢房里已经是快点名的时候了。我坐下来，翻开《埃尔多拉多·雷德》卷角的书页，从读第一页开始，就再也放不下了。高尼斯对于贫民区的生活以及地下私彩的描述太生动了，我忍不住要一口气读下去。他深谙街头生活的残忍与险恶，并且善于精准地描述和表达，让我的愤怒、挫败和失望从中找到了共鸣。读高尼斯的这本书，我仿佛重新回到了底特律的街头，觉得自己又活了过来。一读就是一整夜。

第二次我几乎是跑着去的图书馆。图书管理员仿佛早就料到我会来似的——他们大概是见过太多犯人喜欢唐纳德的小说了，所以知道我准会再来——他们微笑着把特意为我留下的《嗜毒鬼》和《黑色底特律》交给我。我像捧着圣杯一般，直接冲回牢房，埋头苦读直到深夜，凌晨三点才躺下来。虽然我的眼睛又酸又痛，但是读书的热情却空前高涨，所以没等天亮我就起床，继续埋头在书里。

接下来的那一周，我被转到另一个监区。这一区的牢房都有两个床铺，我的室友号称“杀人犯”。不过说实话，听到这个名头时我心里暗暗好笑，因为他的体重撑死了也就一百四十磅[11]。我们两个很快就熟络起来。他老家在芝加哥，

⑪ 约等于六十五公斤，这里是说明“杀人犯”这个凶悍的名号与他较小的体型不太相称。

不过后来在底特律东区成了家，而我恰好就是在那里长大的。

为了确保互不打扰，我们俩各有各的事情可做——这样才能保证同屋之间的和气。当我们都在牢房里的时候，“杀人犯”一般看电视，我一般读书。我喜欢体育，他则不然；电影他只喜欢看老的西部片，而当时的我正好对此毫无兴趣。

除了读书之外，音乐也是我逃避现实的主要途径之一。从小到大，爸爸妈妈、叔叔婶婶们总是在我家播放各种各样的音乐。我第一次听嘻哈时就很感兴趣，在狱中的许多时间，都是靠听休息室里其他犯人唱嘻哈度过的，他们有的即兴说唱，有的则唱自己喜欢的歌。

在听歌的过程中，我遇到一个身材瘦高、动作笨拙的兄弟，人称DJ X。他的声音低沉而沙哑，可以一边拍着胸脯打节奏一边不停地唱嘻哈。有一天，他的歌曲里出现了一连串我不熟悉的名字，像是休伊·P·牛顿、乔治·杰克逊和马尔科姆·X[12]之类的。

DJ X唱完后，我向他问起歌中的那些名字。他满脸犹疑地瞪着我，无法相信我竟会不知道奈特·特纳[13]，阿塔莎·夏库尔[14]，和其他在他歌里提到的人。我向他保证，我是真的不知道，于是他建议我，下次去图书馆不妨找找《马尔

---

⑫ 美国民权运动的代表人物之一，39岁遭暗杀身亡。

⑬ 美国南北战争时期奴隶起义领袖，1831年在弗吉尼亚州被绞死。

⑭ 美国黑人解放军（black liberation army）创始人、激进组织“黑豹党”骨干，宣称要为促进黑人民权发动武装斗争。

科姆·X自传》回来看看。

我拿到马尔科姆·X的那本自传，只觉得书上那个戴着角质镜架眼镜，满脸聪明相的男人有些眼熟。我曾经见到黑人兄弟的短袖汗衫上印着马尔科姆·X的头像，也在新闻里听说大导演斯派克·李正打算将这本书改编成电影，只是，我从来没有好好了解过，这是个怎样的大人物。我只知道，这部电影似乎让白人们很不高兴——底特律有一所以马尔科姆·X的名字命名的学校，开张的时候也曾让白人们很恼火。

这些零碎的信息渐渐在脑海里拼凑起来后，我有一种感觉：这个马尔科姆·X一定是个大反派。但是当我翻看这本书的封底时，却非常地失望。

从封底介绍来看，这似乎是一本讲述黑人如何融入主流社会的故事，这种故事多的是。像马丁·路德·金⑮《我有一个梦想》的演讲，还有罗莎·帕克斯⑯在公交车上不给白人让座的故事。对我来说，它们通常只有两个作用：第一，让白人免去自己的负罪感；第二，安抚黑人并且确保他们在争取平等尊重的过程中不过分闹事。

于是，怀着这样的疑虑，我翻开了《马尔科姆·X自

⑮ 美国民权运动领导人。

⑯ 美国黑人民权行动主义者，美国国会后来称她为“现代民权运动之母”。1955年的一天，四十二岁的她在公共汽车上拒绝为白人让座，随即被逮捕。

传》。毫无疑问，这是我有生以来做过的最好、也是最重要的决定之一。

唐纳德·高尼斯的小说点燃了我阅读的兴趣，但是马尔科姆·X的文字却真正让我开了眼界，并且让我产生了一种强烈的愿望，想在有生之年做些有意义的事情。他以前也是一个普通的街头混混，最终却能蜕变为世界著名的雄辩家和学者，他传奇般的经历给了我前所未有的鼓励。

读过马尔科姆·X的书之后，我开始带着目的读书，狼吞虎咽般，从政治学到色情故事，从现代小说到哲学都有涉猎，不过主要研读的还是那些非洲裔美国作家写的有关黑人历史的作品。

通过接触黑人文学，一种骄傲和尊严感在我心里油然而生，这是在入狱之前不曾有过的。我从钱塞勒·威廉斯、契可·安塔·迪奥普、犹瑟夫·本·尤卡南和J·A·罗杰斯等学者的作品中，了解到了诸如马里[17]、阿散蒂[18]和廷巴克图这些非洲王国。我知道自己的祖先不仅仅是历史的被动观察者，实际上他们也参与创造了今天我们所知道的文明，是这个世界不可或缺的重要部分。原来我们对整个世界做出过如此巨大的贡献，这叫我倍感自豪，但同时也明白了，为什么

---

⑰ 这里指马里帝国，是西非中世纪时的一个强大伊斯兰教帝国，是北部非洲以南的广阔内陆中历史最悠久的国家，古代最重要的伊斯兰文化与财富中心之一，兴起于 13 世纪上半叶，17 世纪初灭亡。

⑱ 是指 18 世纪初至 20 世纪中期非洲加纳中南部的阿坎族王国。

牢里的犯人们大都与我类似，为什么监狱内部种族敌对的情绪那样泛滥。

学校教给我们许多自由斗士的光荣事迹，比如奈特·特纳、杜桑·卢维杜尔[19]、安娜·恩津加[20]、阿塔莎·夏库尔、马尔科姆·X和休伊·P·牛顿等。不过学习这些黑人历史知识，似乎有一个目的，那就是让我们不断地梦想美好的明天，可是那样的明天只能靠等，等着白人们大发慈悲，开始公平对待我们的时候才可能实现。我向来不爱被人洗脑，更重要的是，这套说辞让我感觉愤怒、耻辱，难以理解。

对马尔科姆·X的自传阅读越深入启发越大。入狱后，宗教常常让我感到困惑。我早就不再信那位金发碧眼的耶稣了。妈妈很崇拜他，给我们洗脑，叫我们也信他。可是在教堂和主日学校里，大人们不准我们提出任何批评性的问题，还说只要将牧师和《圣经》所说的内容全盘接受即可。

马尔科姆·X的自传，是第一本让我对自己一直以来被灌输的信仰起疑的书。他认为黑人被灌输基督教，是为了让他们在遭受奴隶主的虐待时依旧保持温顺，不奋起反抗，这样的见解为我打开了不同的视角。我开始质疑，为什么《圣经》里所有的角色都被描绘为白人的形象，而那些黑人角色都去了哪儿。我知道我们不是从天上掉下来的，但是当我询

---

⑲ 拉丁美洲独立运动早期领袖，拉丁美洲独立运动伟大的革命家，海地共和国缔造者之一。

⑳ 是 17 世纪西南非洲姆班杜人建立的恩东戈和马塔姆巴王国的女王。

问其他基督徒时，他们不是呆呆地看着我，就是告诉我这无关紧要，因为上帝本人并不是有色人种。对于他们而言，这样说是政治正确的，可是当他们说这些话时脸上出现的紧张表情，足以说明他们心里也知道，这并非是实情。事实上，肤色很重要——特别是当你怀疑上帝对像你这样的人是不是有所关照的时候。

我对基督教越是失望，对伊斯兰教就越是好奇。从孩提时代起我就看见存在一个世界，那里兼容并包，还有一位对所有人都仁爱有加、不在意肤色的神明。了解了马尔科姆·X在麦加的经历，又从书中读到他说伊斯兰教是一种不存在歧视的宗教，让我对这个宗教产生了很好的印象。于是我开始关注起狱中的伊斯兰教组织，希望找个合适的加入其中。

当时，在密歇根州的各个监狱里共有 4 个主要的伊斯兰团体：逊尼派穆斯林，信仰传统的伊斯兰信仰；伊斯兰联盟，有着强烈黑人民族主义观点，追随伟大的伊利贾·穆罕默德法拉堪牧师的教义；美国摩尔人科学神殿，追随先知诺布尔·德鲁·阿里的教义，还有最后一个：朝阳的黑色伊斯兰宫殿（译者注：以下简称“黑色派”）。“黑色派”信奉一种好战的非洲中心论，正是这一点引起了我的注意。我遇到过几个“黑色派”成员，他们的自制力和对文化的见解打动了我，而且我很喜欢他们的红、黑、绿色相间的徽章，让我想起 X Clan 和我喜欢的一些说唱歌手。

不过，参加监狱里的穆斯林礼拜仪式对犯人会有一些负面影响，因为管理人员不喜欢犯人之间抱团，把穆斯林教徒之间的兄弟情谊看作黑帮活动的幌子。而且个性软弱的犯人有了这样一个靠山，是许多狱霸不喜欢见到的。穆斯林信徒出了名的团结，会帮助成员解决问题，如同一个大家庭，将个人的问题视作集体的问题。不过有些犯人却处心积虑地利用这种团结带来的好处。有人只为寻求保护，有人是机会主义者，要抓住一切机会满足自己的基本需求，还有的人得不到家人的接纳和承认，希望在这里弥补缺憾。

因为这个原因，我犹豫了很久是否参加“黑色派”的礼拜仪式。后来又读了一些书，加上与一些皈依者聊过几次，最终还是决定先去他们的礼拜现场看看。

那次经历与从前去教堂做礼拜时截然不同。兄弟们穿着干净整洁的蓝衣服，戴着黑色的土耳其帽，穿着干净的鞋子，讲台上装饰着一面大旗子和一幅奈特·特纳的照片，后来有人告诉我，他被这个组织奉为先知。仪式开始的时候先是全体起立，进行祈祷，直到发出可以落座的指示。站在门口的兄弟则一脸肃穆地将来客引导到前面的座位上。

我们站在那儿观看仪式开始。兄弟们组成一个十人的祷告小组，按逆时针方向转动，并且向我们的祖先大声呼喊。这是一种力量、敬意和灵性的展示，具有强大的震撼力。通过这样的方式将信徒们之间的平等团结展现得淋漓尽致，同时向前辈们表达敬意，感谢他们让我们有机会找到人生的意义。

第一次礼拜过后，我又断断续续地参加了几次仪式。（因为每天晚上我都看书到凌晨，所以不愿意一大早就起床为参加礼拜做准备。）我仍旧继续阅读有关黑人历史的书籍，并且与兄弟们之间建立起了友谊。

精神和心智层面的长进对我而言的确意义非凡。但是那一年的冬天，正当我坐在监狱里数着日子打发时间时，我的生命中出现了更加重要的事情。

12 月底，布伦达的预产期越来越近了。最后一次见到她已经是好几个月前的事了，后来我们偶尔通过电话联系过。因为电话费实在太贵了，乔治娅负担不起，布伦达只能自己补贴一点，我则尽量少打电话。

1992 年 1 月 7 日，我来到操场上打算呼吸些新鲜空气。顶着冬日的严寒，我给乔治娅打了通电话。电话接通时，她的声音就像优美的交响乐一样，电话那头传来好消息：我的儿子诞生了！我仔细听着她的声音，不由得泪湿眼眶。孩子很健康，而且布伦达决定用我的名字给他起名，听到这些消息我很开心。但同时，我的胸口却像堵着煤渣一样闷得慌。没能亲眼见证儿子的降生，我很难过。

想到自己的孩子有一天也会被卷进暴力、毒品和犯罪的旋涡中，我感到不寒而栗。我们这一代有太多年轻人走上了歧途，包括我自己在内，可我不希望他也被列入那串长长的、年轻黑人男性罪犯的名单中。越是左思右想，我就越愤怒不安。

我回到牢房里，躺在床上想象着儿子的模样，猜他会从我和他妈妈身上分别遗传到什么特质。布伦达年轻而美丽，我长得也还算周正，所以我很确定我们的儿子应该还不错。一想到他，我的心中填满了叫人难以置信的幸福。我打定主意，无论如何也要成为我儿子生活中的一部分。

虽然我强烈地想要改变现状，但直到八年后才真正有所觉悟，开始充分发掘自己的潜力。在那之前，我内心洗心革面的渴望，与从入狱时就怀有的本能愤怒和恐惧一直来回拉扯。和从前一样，清醒之后又是一番浑浑噩噩。为了实现自己的第一次蜕变，先要到货真价实的人间地狱去走一遭。

第二部分

11

密歇根州，底特律西区，费格森街
1987年

自杀的念头像一辆被醉鬼驾驶的汽车，突然闯进了我心里。我脑中疯狂闪现着支离破碎的人生片段，心痛得像是被人用炙热的利剑捅穿了似的。我捂住胸口，试图重新掌控自己的思绪，但是一切都太迟了。内心深处有个念头已经生根发芽—— 一了百了吧，这样所有的痛苦、恐惧、孤独和背叛就全都结束了。

我在拉尔夫家的地下室里朝四周张望着，希望新朋友们会注意到我心里正掀起惊涛骇浪，但是他们只顾着沉迷于酒乐。我不想把这事儿说得太严重，就算再心痛，也权当个笑话说说好了。我带着怪异的微笑，问拉尔夫、贾马尔和麦克，如果我在地下室的墙上把脑袋撞开花，他们会怎么样?

“黑鬼，你又瞎扯了。”麦克灌了一大口啤酒后说道。拉尔夫只是笑了笑，而贾马尔盯着我看了一会儿，最后兴趣索然地点了一支烟。

虽然在成长的过程中，我们见惯了各种枪击和暴力事件，但从没聊起过自杀的话题。那时候的我无法理解抑郁到底有什么魔力，会让一个人为了摆脱内心的痛苦而结束生命。我也不知道，所谓把脑袋撞开花的玩笑，其实是值得认真对待的求救信号，只是不知为什么，当时我们竟然会对这个问题一笑而过。

大概半小时之后，拉尔夫觉得喝差不多了，我们该回家了。麦克住在一个街区外的默里山，贾马尔住在两个街区外的圣玛丽街，而我家正好相反，在费格森街旁的一个街区里。我们穿过拉尔夫家地下室的侧门，走到米德兰街的街角，然后互道再见，便各自回家了。

我转身朝自己家的那个街区走去，那是我和爸爸以及他的家人一起生活的地方。每迈出一步，我的脚步都变得更加沉重，似乎整个宇宙的重量都压在我的肩上。**我累了，不想再追寻爱和幸福。根本没有人爱我，家人不需要我，新学校也与我格格不入。**

刚搬去跟爸爸、继母、继母的女儿和外孙一起住时，他们很是自豪地向我展示了那间安置在地下室的临时卧室。那儿放着一张床，两把靠背椅，还有一台落地式电视机。我有了自己的专属空间，却没有因为他们的精心安排而感到安全和温暖，反倒觉得与家庭成员之间隔着一段冷漠的距离。在我看来，住地下室恰好象征着我在这个家里的地位——一个累赘，他们只想把我排除在视线之外。

我下定决心，一回家就要结束这一切。床垫下面有一把短管手枪，子弹也够用。我想象着，当爸爸妈妈在地下室看到一具血糊糊的无头尸体时，他们会多么内疚啊！想着想着，我的脸上不由得浮现出一丝微笑。也许到那时候，他们才会认真地思考，拆散这个家对孩子们有多大的影响吧？也许只有这样，妈妈才能真正体会，当她把我剔除出她的生活时，我那种求告无门的痛苦。我很好奇，当她想到自己说过好多次“还不如不生你”这种话时，会不会哭出声来呢？

我胡乱地摸索着钥匙，费劲地打开了侧门走了进去。房子里到处都静悄悄的，但是我知道，继姐瓦妮莎一定没睡，而且八成正在打电话。想到她和她的孩子梅格尔，我就很内疚——如果我真的自杀，他们会多么痛苦和慌张。我深深吸了口气，走下地下室的台阶，所有这些情绪已经被我一股脑地塞了回去，塞到它们无法阻碍我求死的角落。

地下室里的布局我已经相当熟悉，所以连灯都懒得开，一屁股坐在床边的椅子上，点燃一根纽宝烟。吸入尼古丁后，我闭上眼睛，感到浑身的放松和平静，开始回忆起搬来和爸爸同住后发生的所有事情。

我的生活从表面上看一切正常。这条街上住的邻居们个个安居乐业，快乐淳朴；我的继母厨艺了得，我和继姐之间也已经建立起真诚的手足之情；爸爸和继母在同一家诊所工作，发了工资都会给我们零用钱；我已经进入库利高中读书，在邻里之间交了几个朋友，还交了几个女朋友，每当情绪来了就会跟着我一起逃学。

但是我找不到家的感觉，过得很不开心。我是那么渴望妈妈的爱和接纳，可是她却抛弃了我。我觉得再也没有人会喜欢自己，哪怕爸爸和继母尽了他们最大的努力，想给我一个充满爱意的家庭。

我知道自己的表现让爸爸很不放心。在搬过来之前，我已经因为各种各样的罪名被逮捕了好几次。我再也不是从前那个光荣榜上的好学生，也很少去学校，对学习感到索然无味。每次被学校赶出来之后，爸爸都会把我重新带回去。可是只要他一离开，我立刻就会从学校后门溜之大吉。

回头想想，这个时候最让我纠结的是，**为什么从来没有一个人问问我为什么会变成这样。**我在这么短的时间里，发生了如此剧烈的变化，可他们却似乎从来不感到疑惑。几年后，在与父亲的几次谈话中，我才知道，当时的他也有许多为难的问题要解决——刚刚结束一段婚姻，是三个亲生孩子的父亲，也是三个继子继女的父亲，同时还要培养一段新的感情。

我坐在那儿抽着烟，想着妈妈给我的一次次毒打，想起有天我问她，想不想看看我的好成绩，她却拿着一个铁锅朝我头顶砸过来，还想起干哥哥们从来不站在我这边，不帮我出头。我搜肠刮肚地回忆各种悲惨的往事，直到最后，我终于鼓起勇气，伸手到床垫下抓住了那把枪。

那个铁家伙在手里拿着还挺沉的，我对着它端详了一会儿，然后重新往椅背上一靠。**我抚摸着枪管，眼泪夺眶而出，想到自己曾经告诉妈妈长大后要当医生时，我哭得更厉害了。我对妈妈说过很多类似的话，因为想要她爱我，为我骄傲，这是我最大的理想。我说不清楚她把我抛弃到底错在哪里，所以我想问题一定是出在自己身上。**

然后我想到了爸爸，想到他在这场闹剧中的角色。作为一家之主，他不够强硬，没有在妈妈无缘无故打我的时候伸手阻止。我试着让自己恨他，努力让自己讨厌他，希望能找到一个理由将所有这一切错误都推给他，而不是归结到我自己身上，但是却做不到。爸爸的确有缺点，但是他是个好人，他给我的爱已经够多了。想起和爸爸共处时的那些时光，眼泪又涌了出来。我的死一定会让他伤心透顶，但是没办法，我必须将痛苦终结掉。

我检查了一遍手枪，确保在打开保险栓之前枪膛里至少有一颗子弹。我深吸一口气，一边把枪管放在嘴里，一边想象着那瞬间的疼痛。我猜测着当我扣动扳机时，枪管的热度会不会将嘴唇熔化，猜测着我的脑浆会怎样溅得到处都是，猜测着枪声会有多响。

最后，一个念头让我突然冷静下来。如果开枪的话，枪声会把我睡梦中的外甥惊醒。我想象着继姐努力安抚他的样子，这画面让我默默把枪塞回到床垫下面。只能试试别的死法了。

我又点了一支烟，然后上楼梯，一路去到屋顶。想到这将是我最后一次看到这屋子的情景，我边走边将看到的一切努力记在心里：桌上放着爸爸那个带网眼的空军棒球帽、他的家门钥匙、打火机和一包香烟，楼梯的最下面放着我外甥那双小小的乔丹运动鞋。

我来到楼上的浴室，蹑手蹑脚地走进去，关上了门。我没开灯，直接打开了药橱仔细检查瓶子里装着的各种处方药。

我读了读瓶子上的标签，希望上面能有一些类似于“警告！可能引起嗜睡”的警示标语，但是却没有。我把每个瓶子的标签读了一遍又一遍，最后发现了一个装着很多药片的瓶子。瓶身上虽然没有任何警告标识，但是我想，只要多吃点肯定会起作用的。

我把那个瓶子从药橱里拿出来，拧开盖子，倒出一把药片。我看着镜子里的自己，表情阴森，眼睛里是孤儿一般的沉重和哀伤，简直就是一具行尸走肉。

最后，我朝手里的药片看了一眼，深深吸了口气，胡乱把它们全吞了下去。等到最后一颗药丸也滑下了嗓子眼儿，我才离开浴室，快步下楼走到厨房去喝了些水，好让药丸安然落肚。最后我悄悄溜回地下室，等待死亡的降临。

猛然间，我想到如果发现我死在地下室的是 2 岁的外甥，那该怎么办。每天一早，我都会躺在床上，听着他小小的脚丫踏在地板上发出的“噼噼啪啪”声。我听着他一路穿过客厅、饭厅，最后是与地下室台阶相连的厨房。他会倒着爬下楼梯，时不时地停下来，让眼睛适应越来越暗的光线，等他爬完最低的那个台阶，他会站起来，走到床前盯着我，查看我是否已经醒来，有时候我会眯缝着眼睛偷看他。最后，他会用小手拍我的脸，叫我的名字。

“杰伊舅舅！杰伊舅舅！”他一边拍着我的脸一边喊，“我要吃燕麦！”他会一直拍到我起床才罢休。

如果小家伙明天一早下楼来却叫不醒我……想到这里，我腾地一下从椅子上跳了起来。虽然头晕沉沉的，但是我还是爬上楼，径直来到瓦妮莎的卧室。她打开门，我走进去，先是在她床边的地板上静静地坐了一会儿。

瓦妮莎问我怎么了，我说我想自杀，可是又不希望梅格尔明天一大早发现我死在床上，所以特地来对她打个招呼。她沉默着，时间在那一瞬间仿佛凝滞了。最后瓦妮莎终于开口了，我能感觉到她声音里隐藏着的不确定。她问我到底干了什么，我说我打算这就回地下室去等死。瓦妮莎立刻弹起来，她说这就去叫爸爸。虽然我口头上求她不要去，但是内心深处却因为她的举动感到高兴。这么长时间以来，我第一次感觉到别人的关心。

我离开瓦妮莎的房间，再次下楼回到地下室，仰面朝天躺在床上。几分钟之后，地下室的楼梯上传来了爸爸重重的脚步声。他快速摁开电灯开关，我被灯光刺激得猛地闭上了眼。

“怎么回事？”爸爸在我的床边坐下来问道。他摸了摸我的额头，又来检查我的脉搏。

我告诉他我不想活了。爸爸问我吃了什么药，我告诉了他，他立即起身上楼。直到今天，我也不知道他在上面干了些什么，只是回来时给我带了一杯咖啡。爸爸轻轻扶着我的头，让我把咖啡喝了。我听着他深沉的呼吸，小口小口地抿着那苦涩的液体。

于是我和爸爸就那样一边喝着咖啡，一边抽着烟，聊了整整一个小时。他说他很爱我，还夸我是个聪明的孩子。他说我不应该感觉自己是个没用的人。我知道他说的一切都是发自肺腑，可是我的痛苦也一样是最真实的感受。后来我们终于能够确定，那些吃下去的药丸对身体没有害处，也就是说我不会死。那天晚上，爸爸坐在那把椅子上守着我入睡。

第二天谁也没有提起前一晚发生的事情。没人张罗着带我去看心理医生，没人问我为什么要轻生，妈妈也没有打过电话来。我以后再也不会干这种事了，只是痛苦仍旧那么强烈，就像长在我身上的一个毒瘤，我却拿它束手无策。

这便是恶性循环的开始。我重新回去当起了毒贩，跟着两个干哥哥在西边一个叫布莱特摩尔的破社区混日子。我们按克数买卖毒品，一切似乎又回到了过去。可惜的是好景不长。在不到一年的时间里，我就亲眼见到两个干哥哥先后被关进了监狱——艾伦是因为报复一个闯进我们家偷保险箱的家伙，而阿尔特则是因为一点小矛盾跟街区里的几个家伙大干了一架。

到了这个时候，我们都很清楚，搬回家住对我没有起到任何作用。爸爸开始因为我的逃学和夜不归宿而经常发脾气，最终他和我的继母分居了，带着我一起搬到了位于格林菲尔德和普利茅斯街交界处的一栋公寓楼里。没过多久，我因为一起贩毒案被逮捕，并且被安排参加一个位于肯塔基州普雷斯顿斯堡的就业团项目。

参加这个就业团的学习课程真是叫我大开眼界。在整个成长过程中，我对于种族歧视知之不多。父母总是教我为人处事要一视同仁，而且我们生活的那个社区里，住的本来就主要是白人，所以我很相信他们。直到去普雷斯顿斯堡学习，我才明白在我们国家的某些地区，依然存在着严重的偏见。

有一次，我们因为炸弹恐吓被从学校里挪了出来。有人打电话来，说如果我们这些“城里来的蠢黑鬼”不离开的话，他们就要炸掉那栋楼。当时是将近凌晨三点，我们只能从寝室里撤离出来，站在寒风中瑟瑟发抖，等着拆弹小组清除楼里的危险品。这段等待似乎漫长得没有尽头，与此同时，就在教室对面的树林里，我们发现有个十字架在熊熊燃烧。

在这样的情况下，我还是完成了项目的所有要求，学完了高中同等学历的所有课程，还按照商业课的要求学习了木匠技能。不过，虽然我离家数百英里，却还是没能摆脱我的老路子。我继续私下里卖每克六美元的大麻，赚钱给自己买衣服、酒以及一切所需。后来，在学习了五个月之后，有个安保人员在命令我坐下的时候称呼我叫“娘娘腔”，我立马与他大干了一架，然后毫无疑问，我被开除了。他们把我塞进最早的一班长途大巴上，发配回了底特律。

汽车在洲际公路上飞驰，底特律越来越近了，我知道回家后免不得被爸爸训斥一顿，所以在心里做好了应对的准备。为了让我走上正路，他尽了自己的全力，但江山易改，本性难移：回到底特律的我继续和过去一样混着日子，虽然我承诺过要摆脱这样的生活，而且承诺了一次又一次。

不过这一次除外。出来混总是要还的，混日子的我有一天终将品尝到致命的恶果，从此就万劫不复，再难回头了。

12

密歇根州，卡森城，卡森城监狱
1992年5月

儿子出生之后的那几个月，我每天都在愤恨中度过。我很内疚，自己是一个缺席的父亲，却没有意识到造成这一切的始作俑者正是我自己，我才是应该负起全部责任的人。但那个时候，我在书中读到太多白人利用自己的优越感，把数不清的年轻黑人关进美国监狱的故事，于是，我的怒气找到了一个理想的发泄途径。

那些对黑人动用私刑、肆意强暴和无情镇压的故事叫我怒火中烧，使我坚信，自己有充分的理由，将这股怒气转移到白人警察和囚犯的身上。我懂的东西确是比过去多了，但同时也成了危险人物。**我没有意识到自己的思想已经非常扭曲，也没有通过表面现象找到负面想法和暴力行为的根源，而是通过迁怒于白人把愤怒隐蔽起来。我给自己激化的情绪找到了借口，并且认为哪怕自己把生活搞得再糟糕，那也是别人造成的。**

最后我干脆破罐子破摔。在监狱里生活花不了多少钱——这里几美元，那里几美元，买些盥洗用品和香烟，补充食堂伙食的点心之类。但是因为当时我没有分配工作，家人和朋友也没有及时给我汇款，所以我没钱去小卖部买东西。商店每隔一周开放一次，我和室友的香烟就要抽完了，也不知道下一次的汇款单什么时候才到，但我们都认为还是先别向其他人借钱为好。

有天晚上，我和室友聊起我们潦倒的境况，说起我们连个可以救急的朋友也找不着。想想以前混街头，我们和兄弟随意喝着小酒，抽着香烟和大麻，在街角的商店一待就是一整天。可现在，在我最需要帮助的时候，那些朋友们又在哪儿呢？

说着说着，我和室友就起了打劫隔壁牢房的念头。隔壁关着一个中年白人，他手上有家黑店。我们都知道，这家伙会拿一样货从别人那儿换回两样，如果有谁欠了他什么没及时还上，他就摆出一副高人一等的德行。他跟这个区里的其他犯人没什么不同，都是为了一包烟就能把人开瓢或捅死的主儿。但是在我们看来，他皮肤白，所以跟监警都是一伙的。我们最后决定，趁他下次进货时打劫他——由我先冲进他的牢房，制伏他，室友则负责跟在我后面取东西。

第二天，我们一整天都在附近溜达，观察邻居的一举一动，也留意着警察们在这一层的行踪。趁邻居的室友去冲澡时，我们赶紧动手，先跑回去关上门，室友负责放风，小心看着警察，我则从隔壁的门前走一趟，好确认他人在里面。

我走了出去，沿着过道，从他的牢房门口走过，眼角的余光瞥到他正坐在床上，然后为了假装得更像，我继续往前走了一段。正当我转过身打算动手时，却被眼前的一幕惊呆了：我的室友竟然径直走进那间牢房，让那家伙交出所有的货。

我被吓尿了。明明我们的计划完全不是那样的啊。室友又要打劫，又要留意警察，分散了注意力，反倒被白人抓住机会，给了他一记重拳。我一秒也没有耽误，二话不说冲过去把室友拉了出来，并且回给那家伙一记拳，直接把他撞到了牢房门上。他踉跄着捂住了脸，室友跳到他背上，勒住了他的脖子，想把他拉回到牢房里。后来我们显然是忘了自己是来干吗的了，肾上腺素狂飙，本来只是想抢点儿东西，最后却成了一次暴虐的殴打。

打得正嗨时，有人扑到了我背上。我脑子一热，想着从背后偷袭的肯定是他室友，所以，我猛地把身子往前一弯，“砰”的一声把后背上的人摔在水泥地上。这时我才看明白，眼前这位不是什么室友，而是警察。没等我想清楚自己到底干了些什么，另外几个警察就一拥而上，把我推到墙上，戴上了手铐。

十几个守卫冲进我们监区，抓住室友，给他也上了手铐。被警察押走时，我听到对讲机里传来“噼里啪啦”的说话声。狱警已经给医院打了紧急电话，因为我们那位邻居癫痫发作了。给我上手铐的警察说，如果那家伙死在去医院的路上，我会被控告谋杀。

“老子才不在乎，”我断然答道，“反正我也回不了家了。”

警察没理会我的装模作样。我这样的人他见得多了，他知道其实我很在乎，至少是很想在乎。

他们把我押到隔离区，让我走进一间装着铁门的淋浴间，在那儿戴着手铐待了十五分钟。在经过了一段貌似很漫长的等待后，终于来了一个脸长得像猎犬一样的警察。他命令我退回到门上的一道扁口旁，他会从那儿把手铐解开。我照他说的做了，并且把手举到他能够到的地方，他解开了我右手的手铐，却从扁口外拽着我的左胳膊猛地一拉，然后又往下猛压。

“混蛋，等我从这个鬼地方出去，一定杀了你这个混蛋！”我咬牙切齿地发誓，感觉自己的胳膊都要压折了。

“下次动手前想清楚对手是谁，蠢货。”警察笑着说了这么一句，这才打开我左胳膊上的手铐。我边用上衣裹住那条胳膊，边滔滔不绝地放着狠话。

过了一会儿，又来了几个警察，说是要把我带去另一间牢房。我不知道他们到底打的什么主意，所以当他们命令我转过身把手背在身后时，我浑身紧绷，犹豫着要不要照做。期间有位警察发现我在流血，问我是否需要护士来处理一下，他的善意让我终于放松了下来。我说我没事，并且让他把我铐了起来。

在去另一间牢房的路上，一个警察告诉我说，那个白人已经被送去了医院，情况对我和室友不利。他还问我为什么要这样浪费大好青春。我从前也问过自己无数遍这样的问题，可是从来没找到过答案。我只知道自己痛苦不堪，不太在意是死是活，甚至觉得自己已经是行尸走肉，所以根本没什么好浪费的。

我走进那间牢房，坐在床上，忍不住去想，如果爸爸知道我又被控诉了一起新的谋杀，他会怎么想？我站起身来看着窗外。大概过了好几个小时，才有一位警官来到牢房宣读我的罪项。我主要被控袭警、袭击犯人，以及私藏违禁品，因为他们在我之前的牢房里找到了一件武器。

又过了不到两天，我和室友就被转移回到密歇根监狱，在那里进行了长期的单独监禁。

在返回爱奥尼亚县的四十分钟车程中，地洞的画面在我的脑海里翻腾起伏。用犯人们的黑话来说，那地方也叫作“挺尸房”，因为到了那儿，你只能躺着看书、躺着写东西和躺着瞎扯一整天。管理机构非常委婉地称其为“管理隔离”，说得好像那儿是医院或是慈善机构，不过私下里，官员们也跟我们一样把那儿叫作地洞。

以前我也被关过单独禁闭，但从没有超过六十天。关于长期单独监禁的恐怖传闻，我早就听说了，比如犯人在牢房里上吊，或是神秘地被自己的袜子闷死之类的。我还听说过警察们会把打手带进牢房，将犯人打个半死不活——与其他传闻比起来，这才是我最担心的。我刚刚打伤一个警察，还放话要办了另一个，如果他们给密歇根监狱的弟兄们打了招呼，要好好修理我一顿怎么办？

办完手续后，我被押送到一个被犯人们称为“墓地”的监区。因为被扔进“墓地”的犯人，在普通监区的犯人们心中就等于已经死了，所以才有了这个名字。这里的牢房非常狭窄，小到让人感觉像是挤进了一口棺材。

进入这个监区后，我注意到的第一件事就是无所不在的压抑气氛。窗户被漆成了昏暗的灰色，唯一的自然光来自窗缝里透进来的几缕光，而就这一点福利还得靠警察们大发慈悲，给其中一扇窗户留条缝才行。如果想知道是早上还是晚上，就只能找警卫问，或是根据他们发放三餐的时间来猜测。

我来到自己的牢房，打开牢门时，铁门“嘎吱嘎吱”作响，警察命令我进去，然后把门一关，取下了我的手铐，就离开了。我憎恶地环顾着这间昏暗肮脏的监牢。床离地大概六英寸高，马桶被塞在一个非常小的个人用品箱后面。为了坐下来大便，我不得不脱掉整套连身服——只有这样我才能把自己的腿挤进个人用品箱后面去。

这地方相对还算安静，这一点倒是挺意外的。不过很快我就明白，这只是暴风雨之前的宁静。白天的时候地洞里的大部分犯人都在睡觉，只有发放三餐的时候会醒来。每天的最后一餐发放完毕后，才是这里的狂欢时间。

巡逻的警察从我门口经过时，我向他要一些清洁用具，但是他说，只有工人发午饭的时候才会顺便发这些东西。我只好继续站在铁门后面等待着——床垫上有别人出过的汗和放过的屁，不打扫打扫我是绝对不会碰的。

等食物发到手，我才发现那分量还不如从前在普通监区的一半多。我狼吞虎咽地草草吃完，然后把盘子放在牢门上的扁口里。我不喜欢喝牛奶，所以把装牛奶的盒子留在我的物品柜上。但是来收盘子的工人小声告诉我，最好把牛奶藏在寄存柜里面，除非我想要被罚吃“烤糊糊”[①]。我从没听过什么是烤糊糊，后来才知道那是一种被捣烂的硬邦邦的食物，会作为惩罚发给犯人当饭吃。

于是我把牛奶放回到餐盘里，工人又瞥了我一眼说：“老兄，你疯了。”这盒牛奶本来可以给我换来一袋燕麦、一些果汁或是额外的一片吐司，却被我白白地放了回去。实际上，这个地洞里有一条不成文的规矩，那就是任何东西都不能浪费，食物和香烟都可以用来交换你喜欢的其他东西。

① 在很多美国监狱，囚犯们如果有违规行为，作为惩罚，他们只能吃一种专门的惩罚性食物“烤糊糊”，是以各种食材捣碎混合而成的食物，看起来像板砖，味道平淡无奇，他们会被迫一连吃上数天甚至数周。

我在床上躺下来（已经从工人那儿领到工具打扫过了），如同在普通监区时一样，思绪开始像脱缰的野马一般四处游晃。我回忆着布伦达柔软的嘴唇是如何贴在我的唇上，回忆着在炎炎夏日畅饮一瓶冰汽水是多么舒畅，回忆着我们在凌晨两点坐在门廊上聊天，半夜的街区里回荡着笑声。记忆就像一个万花筒，装满了我从前生活的精彩片段，也是我再也无法重现的片段。

我开始思考自己的人生是怎样落到这步田地。从小到大，我从没想过自己会被关在一间牢房里，像个动物一样地活着。我这个聪明人干不了这样的傻事。我瞪着油漆剥落的天花板，怀着满肚子的愤恨想道。

每个犯人都曾经或多或少地想过，这一切也许只是一个噩梦，任何时候只要你醒来，就会发现自己还躺在家里的床上。但是随着被监禁的时间越来越长，你很快就会明白，监狱里的生活是多么真实。对我来说，这一切真实得超乎我曾经所有的想象。

吃过晚餐后，嘤嘤嗡嗡的谈话声渐渐响了起来，犯人们开始聊起宗教、政治和各自街头生活中的逸事。我背靠着墙坐在床上，听着这些来自弗林特、萨吉诺和兰辛市②的家伙谈论他们的街坊邻里，自己好像也跟着他们重温了一遍入狱前的日子。

---

② 兰辛市是美国东北部城市，密歇根州首府。

过了一会儿，听他们聊天听腻了，我决定起来写几封信。一封给布伦达，一封给前女友妮奇。不知不觉中，我握着那根两英寸的秃头铅笔，一封又一封，几乎给每一个认识的人都写了一封信。时间就这样倏忽而过。

也正是通过写信，让我意识到，原来写作也可以是一种逃避现实的方式。只要一支铅笔和一张纸，我就可以恢复自由之身，想去哪里就去哪里。我可以站在自家街区的街角，谁也管不了我，也可以开车沿着高速公路去看望住在俄亥俄州的前女友，铁门和通电铁丝网通通拦不住我。写作给了我自由，所以我一直写一直写，写到手酸才停下笔。

半夜里光线暗了下去，监狱里开始出现一种怪异的氛围。我的牢房位于最底层，在过道的末端，大厅里的光照不到这里来。我爬上床，祈祷着能够在从前的记忆浮现之前迷迷糊糊坠入梦乡，不然我肯定会疯的。

我躺在那儿期待睡意袭来，周围却闹成了一片。“婊子养的快起来！”一个人大声呵斥，“这里不许睡觉。”然后是一声巨响，像枪声一样响亮。“砰！砰！砰！”那个声音无休无止，是某个犯人在拼命砸着物品箱的盖子。

而接下来的四个小时，整个地洞成了一座无政府主义的堡垒。犯人们敲打着自己的柜子，各种各样的脏话，有种族歧视的，有辱骂同性恋的，一个个就像抛在空中的手榴弹一样，炸个层出不穷。有些犯人在马桶里塞满纸，然后冲水，直到水溢出来。我就这么看着牢房外的地面渐渐变成一个浅浅的水池，简直难以置信。还有人点燃了垃圾和纸张，往牢房外扔。警察们试图关掉总水闸以恢复秩序，但是骚乱依旧没有停息。等到终于安静下来时，天色已经渐渐亮了起来。

此时，楼层里唯一还在活动的家伙就是一只大老鼠，它有负鼠那么大的个头，被犯人们叫作“烤糊糊”，也就是用来惩罚不守规矩的犯人吃的食物。我看着这只老鼠在浑浊的水里划动着，吃着地板上泡软的面包和腐烂的苹果核儿。

一开始，我好奇为什么它没有被犯人们给宰了，毕竟其他鼠兄鼠弟们就没有它这么幸运。如果一只害兽总是在夜里爬上你的床或是钻进你的储物柜，小口小口吃你精心保存的食物，任谁都不会想要与它和平共处。但是“烤糊糊”不同。它和我们有些相似——一个被遗弃的、孤独的幸存者——我们能够感觉到这一点，所以允许它与我们共存。

在“墓地”里关了一段时间后，我学会了怎样蒙头睡一整个上午或整个下午。与此同时，监狱的管理方还在努力制定惩罚我的方案，因为在卡森城监狱袭警的事情还没结束。在这期间，我被转回郡监狱为起初的罪名进行了一次上诉聆讯。最终他们把我送去了位于斯坦迪什的绝密看守所，一个难度等级更高的人间炼狱在等待着我。

13

密歇根州，底特律市
1990年

“不管别人对你说了什么，”当我们开车离开长途汽车站时，爸爸这样说，“都不能让别人的话挡了你的道儿，无论如何都不行。”我早就知道，他听到我被就业团赶出来会很失望，但是这话还是伤了我的心。我希望爸爸明白我不会无缘无故打人，理解当我因为肤色遭受歧视，被区别对待时是什么感受。我希望他知道，我在肯塔基州因为遭到歧视而奋起反抗，既是捍卫自己，也是捍卫在我之后去到那儿的黑人兄弟们。

可是我忽略了一个事实：爸爸是在动荡的六十和七十年

代成长起来的。他十七岁时参过军，经历过比我的遭遇更加残忍无情的事。只是当时的我却无论如何也理解不了，他为什么对于我所感受到的种族歧视无动于衷。

回家后，我又过上了熟悉的生活。没过几个星期，我就回到了布莱特摩尔，在塔米卡家混起了日子。兄弟们看到我都很高兴，我也很怀念从前的日子，一起到处闲逛、斗狗、卖毒品，还有泡姑娘，感觉整个人都焕然一新。

起初的几周进展不大，但是很快我就拿到了半盎司可卡因，把它烘焙分成小份出售。我的兄弟马可和库普在街区里已经有了些客户，他们都不介意让我跟着挣个几美元。事实上谁也没办法整天守着贩毒点不走开，所以我们开始合作，以保证四面八方来的客人都能及时享受到我们的服务。

在一个不祥的夜晚，大概是凌晨两点钟，我正躺在塔米卡家的沙发上，库普跑来敲我的窗户。

我起身出去，问他怎么回事。库普说他那儿来了个客人，但是他手里没货，所以问我是否可以匀出一些冰给他。我返身回到房里去拿货——为了不让我的外甥有机会接触到毒品，我把它们藏在冰柜里——然后走出来，给了库普一袋，让他交易完再来敲窗户。

五分钟之后，我躺在沙发上正要昏昏入睡，却隐约听到有人尖声喊我的名字。那一瞬间我还以为是在做梦，但是后来叫声越来越大。我从沙发上猛地跳起来，打开前门往外一看，房前并没有人。就在我转身准备回去的时候，发现在对街的一扇窗户里，库普家孩子的妈妈正在叫我。我脑海里闪过的第一个念头是“难道她被库普揍了？”（但其实我从没见库普打过她）。就在我犯迷糊的时候，库普已经从他妈妈家那栋房子里冲了出来，手里还拿着一把9毫米口径的马格南左轮手枪。

“那个混蛋想打劫我！那个混蛋想抢劫！”看到我走过去，库普大声吼了起来。我起初还以为是他孩子的妈妈想要打劫他。干我们这行的，出这种事一点儿也不奇怪，混街头的人都是翻脸无情的，过着这种生活的人背叛别人只是分分钟的事儿。

库普回到了他妈妈家的房子里，我慢慢走上门廊的台阶，试着把眼前的事情理出个头绪。也许库普想要耍什么花招，好向我证明没拿到钱？快要进屋时我还百思不得其解，但是我一只脚刚踏进门槛，便看到客厅地板上躺着一个男人，他穿着黑色裤子和黑色套头线衣，身上浸满了血。

“救救我，我快死了。”那人说。他喘得厉害，“汩汩”的流血声是从他的胸膛发出来的。

“我要给这个混蛋的脑袋来一枪！”库普站在那奄奄一息的男人旁边厉声说，“他想杀我全家，我妈妈、我的姐妹，还有我的宝宝。”

我好不容易才劝说库普平静下来，解释一下来龙去脉。原来，在那天早些时候，那个男人跑来找库普买冰，后来又带着9毫米口径的手枪和满满一口袋的子弹回来了。库普让他进屋，然后去拿从我那儿借来的冰，可是等他回来的时候，那男人却拔出枪对着他，叫他跪下。那家伙从口袋里拿出一颗子弹让库普咬一口，好证明都是货真价实的子弹。他告诉库普自己不是闹着玩儿的，扬言如果库普不把剩下的毒品全交出来，就把这所房子里的人全都杀光。库普跪在地上，盯着那把 9 毫米的枪管，满脑子里想的全是妈妈、姐妹、孩子以及孩子的妈妈。正是这样的念头给了他反抗的勇气。

他拼着一股劲儿朝那个男人冲过去，将他一把扛起来，扔在厨房的地上。巨大的冲力让男人的手松动了一下，枪掉了下来。库普立刻抢过去捡起了枪，并且朝那人的胸口开了一枪。

我让库普告诉他妈妈打电话报警，就说有人抢劫——这样他任何罪名也不用担。但是库普当时脑子不太清醒，判断力几乎为零。他说想把尸体搬到街对面，扔在塔米卡家隔壁那空置的后院里。我反复劝他别这么干，但是他心意已决，非要把尸体从他妈妈家弄出去。怪只怪当时的我没有勇气坚持让他做正确的决定——我唯一能做的，只能是以自己知道的唯一方式支持我的朋友。

现在的我早已记不清站在对街那空荡荡的院子里，居高临下地俯视着那个男人是什么感觉。我不关心这个男人是死是活。我对自己讲道理，说这样处理起来对于库普和他的家人来说更简单一些。那时候我年纪还小，涉世未深，居然已经有了如此冷酷的心肠，以至于看着一条生命在眼前一点点流逝，竟然没有一点恻隐之心，现在回想起来连我自己都觉得吃惊。

正当我想得出神的时候，库普不知道为什么又冲着那具尸体开了好几枪。直到今天我都把那几枪看作一种掩饰，库普实际是想大哭一场。他的家人生命受到威胁，他被逼着将一颗本来可能夺去自己性命的子弹咬在嘴里。他知道是自己的行为给家人带来这场毁灭性的灾难，难受得需要好好发泄一番。

库普让我叫塔米卡早上给警察打电话，就说她家的狗在隔壁的后院里发现了一具尸体。第二天早上，警察来勘验现场，库普也和我们一起待在后院里。仅仅勘察了几分钟，警方就发现了一条血迹，一直指向库普的妈妈家。他们质问库珀太太，还把马可当成库普给逮捕了。侦探说，如果他没有把那具尸体从家里挪出来的话，本来是不会受到任何指控的。

库普最终还是去自首了，他被判了五年监禁。在离开之前，库普在他的哥哥博那儿推荐了我。博自己经营着一个贩毒点，库普告诉他说，如果想要请个靠谱的人替他工作，我会是最好的人选。

博真的把我当成心腹知己，我们两人很快就沆瀣一气。那年春天天气特别暖和，跑到街头来的人越来越多，我们的客户量也随之水涨船高。我们会在门廊上从日出坐到日落，一边卖毒品，一边喝酒。虽然干的是违法的勾当，但是这条街上大部分邻居都喜欢我们，特别是姑娘们。我们的地盘似乎成了整个街区的核心地带，每个人都想和从布莱克斯通街来的家伙们搭上点关系。

可是，就在1990年3月8号，一阵枪声震碎了这样的好时光，也彻底带走了我身上残余的最后一点孩子气。

二十五年后，我仍然能够清楚记得，那个开枪的人开车经过时，我站在哪里、穿着什么样的衣服，和谁在一起，打算去哪儿。这其中记得最清楚的，就是我被第一颗子弹击中时身体里感到的那股炙热。

这一切都源于对一个女孩的纠缠。前一年夏天，就在东窗事发被送去参加就业团之前，我一直与一个比我年长的女孩交往，她叫安吉。安吉信誓旦旦地说，她会等我回来，可是当那一天真正到来，她却没能出现。我感觉自己受到了背叛，所以第二天在商店里遇到她时，我直言不讳地说出了自己的感受。她对我道歉，告诉我她之所以没来找我，是因为我不在底特律的这些日子，她爱上了别的男人。我难以置信，狠狠骂了她一顿。

“你妈的为什么不能实话实说？”我肆无忌惮地发泄着情绪，“你在信里一次又一次地欺骗我，现在却告诉我这些鬼话。他妈的，你这个扯谎的臭婊子。”

当时的我根本不知道这些话会让自己付出多大的代价。

两天后，我与博在街角聊天，一辆轿车停在我们旁边。我抬眼一看，发现驾驶座上坐着安吉的现任男友。我知道，麻烦来了。

“你他妈的那天对老子的女人说什么了？”他恶狠狠地说。

“操那臭婊子，他妈的！”我不愿显出心中的胆怯。

这是赤裸裸的挑衅。在这样剑拔弩张的情况下，自己的女人被称作“婊子”，无论是哪个男人都必须有所行动，为了维护自己的尊严和自己女人的名誉干上一架。

“有种就从车上下来！”我吼道，既然避不开，倒不如放手干一架。只是我完全没有料到，他竟然阴恻恻一笑，伸手拔出了一把枪。

可当时的我手无寸铁，只能四处翻找可以藏身的地方，而他连连扣动扳机，射出好几发子弹——两发打中了我的腿，还有一发打在了脚上。

当第一颗子弹刺进我的皮肉时，似乎整个胫骨都裂开了。鞋子里很快灌满了血，我为了躲开接二连三呼啸而来的子弹四处乱窜，血也跟着流得到处都是。这时候我只祈祷它们千万别打进我的脊柱——或是更糟，打中我的后脑勺。（有颗子弹至今还留在我的脚里，时刻提醒着我街头生活是多么险恶，生死往往只在一线之间。）

我一路跑过街角，想在一个叫丽萨的年轻女人家里躲一躲。她目睹了整件事情的经过，却在我朝她家跑去的时候，求我别进去。我来不及理睬她，径直擦过她身边进了前门，找了个地方坐下，试图让自己镇定下来。心头翻滚着各种情绪，像海上肆虐的狂风暴雨。起初的恐惧已经被深深的孤独所替代，然后又是愤怒。为什么有的人因为一场毫无意义的争吵就要杀人，这是我死活也想不通的地方。

我从丽萨家里走出去，塔米卡正好沿着大街冲过来，一把抱住了我。她不知道我是死是活，担心得要命。我回到塔米卡家，先把夹克和衬衣脱了下来检查伤口。虽然浑身汗如雨下，但我的嘴里却像是被人塞了把沙子一样，干涩得要命。我掏出一盒纽宝烟，还没点燃就又腾地跳起来，冲到里屋去拿了一把枪。我想发泄，我要冲人开枪。我恨自己怎么会成为一个受害者，我必须报仇，否则出不了这口恶气。

塔米卡和库珀太太使出了浑身解数来劝解我，让我先平静一会儿。我点了根皱成一团的香烟，在门廊前坐下，生着闷气等待救护车。但是救护车一直没有来。不过这也不是什么稀罕事，在我们这儿打了911，也可能等不来救死扶伤的人。大概半小时后，博开车把我送去了卡梅尔山医院，在路上他一直劝慰我，说一切都会好的。

到了医院之后，我感觉自己似乎躺在一条由机器人操作的生产线上。医生护士把我搬来弄去，没有表现出一丝一毫的怜悯——因为在底特律，看到一个孩子挨枪子儿几乎是常态。他们冷静地看着我，嘴抿得紧紧的，像绷紧的钢丝。在把我匆匆忙忙送到X光室之前，他们给我来了一针杜冷丁，于是接下来的几个小时我就彻底睡了过去。

醒来时，我的病房里站着好些警察。他们冷漠地向我抛出一个又一个问题，询问我开枪人的身份，语气里满是猜疑。我说不知道是谁朝我开的枪。（哪怕再落魄，我也死守一条准则：不对警方透露消息。我一直严格遵守这条守则，这次也不打算坏了规矩。）

警察们看出我说的不是实话，其中一个很生气，他对着我骂骂咧咧：“该死，小黑鬼！你活该挨枪子儿！活该躺这里！”离开病房前，他还意犹未尽地骂了好些难听的话：“黑鬼！蠢货！装什么硬汉，最后还不是躺在停尸房里。”托这些警察的福，我刚刚受伤的心上又添了几道新的伤口。

终于等到医生进来了，我不由得一阵轻松。我以为，对着医生总可以放下戒备，像孩子一样透露出心里的恐惧了吧——说到底，我还是个孩子。可是现实很快让我明白，我们生活在一个冷漠如冰窖的世界里。医生看着报告单，一句话也没对我说便转身离开了。过了一会儿，他带着一把尖嘴钳回来，将钳子探入我腿部的肉里，拔出了子弹，连带的还有一点儿肉和骨头碴儿。他把子弹在水龙头下冲了冲，然后便走开，给我开了些抗生素和止疼药，接着我便在药力的作用下昏昏睡了过去。等我醒来时，爸爸、继母和妈妈都在病房里。

看着爸爸绝望透顶的眼神，妈妈一副害怕得站都站不稳的样子，我知道他们根本不知道该说些什么。倒也是，有什么好说的呢？有哪一本父母行为手册告诉过他们，当自己的孩子在街上被人拿着枪像打疯狗一样追着打，做父母的该怎么办吗？所以他们只是和我简单聊了聊以后的安排，便离开了。大人们说我应该回家去住，远离这种街头生活，可实际上我们都明白这根本就不可能。

我希望家人们抱着我，安慰我，告诉我一切都会好起来的，可是他们没有一个人这么做。没有人对我的感受和情绪做出解释和分析，也没有人告诉我，如果无法妥善处理自己的恐惧，会变得敏感而多疑，最终会为了免受伤害而主动伤害别人。

于是，我只能用自己掌握的唯一一种方式来对待这些情绪。我变得非常易怒，而且从那时候开始，走到哪儿都带着枪。十四个月之后，我真的成了那个扣动扳机的人。

14

密歇根州，斯坦迪什，斯坦迪什绝密看守所
1992年

来到斯坦迪什绝密看守所时，正是晴朗温暖的秋天。当时我二十岁刚过几个月，服刑满一年。

尽管那里的天气宜人，但我不久就看出来了，这个看守所里绝对没有一点点的温暖和喜悦。我们的一举一动都受到严格限制，基本上整天被关在牢里，即使是普通犯人也一样。警察们掌控着这里的一切，还不择手段地剥夺我们本就所剩无几的一点权利。他们严格执行所有的规章制度，哪怕只是稍微违规都会受到严酷的惩罚。

在接待室里，我一脸无动于衷地听着警察们那套教训犯

人的老生常谈。

“犯人219184，欢迎来到斯坦迪什，”一个五大三粗的警察说，“你现在可是重点关注对象，如果还想在卡森城那样胡来，就得好好想清楚了。我们这儿可没那么好对付，懂吗？”不过，如今的我早就看透警察对犯人玩的那点儿心理战小伎俩，所以根本没把他的话放在心里，只是专心想着怎样才能不被关单独监禁。

就在我四处打量的时候，一个警察走过来取下裹在我手铐上的黑色盒子，这是为了防止我逃跑用的。盒子取开后，另一个警察拿着一副手铐走了过来，将一根狗绳儿一样的东西系在那副手铐上。我还是第一次见到这样的玩意儿，脑海里不禁冒出一个念头：这鬼东西一定违反了《国际人权宣言》。不过对于看守们来说，把犯人当狗一样拉着并未违反人权宣言，虽然宣言的第五条明文规定，不得对人施以“有辱人格的措施和惩罚”。

一个警察把先前那副手铐取下，他的同事马上又给我戴上了一副新的，两人无缝衔接，力争将我的双手获得自由的时间减到最小。手铐替换工作完成后，警察们开始聊起天，直到负责转送的警察到时间离开。然后他们紧紧地扯着那根“狗链”，把脚步踉跄的我带到了第一监区。

这个监狱的布局和密歇根监狱截然不同。在这个区里有4排牢房——上面两排，下面两排。我被带到了下面那一排，首先注意到的是，这排牢房过道里没有任何杂物，也没有铁栏杆，而是一扇扇装着窗户的大铁门。警察把我带到指定的牢房门口，打开门，命令我走进去，然后关上了门。一个警官通过送餐盘的扁口替我除去了手铐，我问他，是否可以让透气窗开着别关，他说不行，然后猛地关上了它。

在我暂时还不算长的铁窗生涯中，这是第一次真正地感到孤独。这是一间非常简陋的牢房。一个扁扁的绿色床垫，折叠着放在从侧墙伸出来的一块厚厚的水泥块上。后面的墙上，还有一块短一点儿的水泥块凸出来，后来才知道那是写字台（对于有电视机的犯人来说，也是放电视机的台子）。门边的角落里是一个不锈钢的一体式马桶和洗脸池，一个大大的金属柜被固定在靠近水泥床旁的地板上。

我一屁股坐在床上，几分钟之后，一张厚厚的纸从我的门下面递了进来，上面还拴着一根绳子。我不知道那是什么，所以只是坐在床上盯着它，直到听到有谁呼喊我的监号，让我把那根线拉进去。我完全摸不着头脑，只好走到门口问对方是谁，原来他是过道对面的邻居。

我趴在地上，从门下方望过去，看到那根绳子的确是从我牢房前方的那间牢房里伸出来的。我拉动绳子，几本杂志从他的门下方滑了进来，中间还夹着一张纸条，上面写着邻居的自我介绍，并且告诉我如果有什么想读的书，可以找他帮忙。他外号叫“跳跳车”，比我年纪要大，看起来安静淡然。不过几天之后，我才知道，他之所以被关进地洞里，是因为曾经把一个欠他钱没按时还的犯人给砍伤了。事实再一次证明，为了在严苛的牢狱生涯中求生存，再温和的人也可能被迫爆发。不过，这个“跳跳车”仍然是个不错的家伙，他在我第一天来到斯坦迪什的时候就费尽心思帮我改善生活，为此我心存感激。

没过几天，我就把自己的日子安排得有条不紊起来。斯坦迪什监狱有许多书，我抓住一切机会发出借书申请。读了几本斯蒂芬·金的书之后，我被作者天马行空的想象力震惊得无以复加；我第一次读到了《根》这本书，对作家特里·麦克米伦[③]有了一定的了解。阅读给了我莫大的慰藉，每当图书馆把书发到我手里，我都像一个看到圣诞老爷爷从烟囱里滑下来的孩子一样开心。

同样是在这段时间里，我渐渐了解到，有许多犯人正忍受着精神问题的折磨。在二十世纪九十年代早期，因为密歇根州大量裁减预算，许多精神治疗机构被迫关闭，这一趋势在接下来的十年一直持续着，于是病人们从倒闭的诊所中被驱赶到各个州的监狱。精神病人很难与普通犯人一起进行管理，所以他们中的大部分最后都被关了单独禁闭。可是在地洞这样充满敌意的环境里，这些人的精神问题只会变得越来越严重。

有一天，狱警们把一个叫里德的犯人转到我对面，我们仅仅隔着一个过道。警察安排他住进去时，这家伙和他们发生了激烈的争执。好不容易把他弄进去了之后，我又听到警

---

③ 美国著名黑人女作家。

察命令他转过身来，好让他们把他脸上的面罩取下来。我从门下的缝隙朝外看，只见警察们拿着一个带孔的面罩，似乎是直接从哪本恋物癖杂志上弄下来的。我后来才知道，这种面罩一般是用来给爱吐口水或咬人的犯人戴的。

午饭时间到了，警察们来到里德的牢房，问他是否要吃作为惩罚的烤糊糊。他却嚷嚷着他们滚蛋，说自己宁愿饿死也不吃。我看着自己餐盘里少得可怜的一点儿口粮，虽然肚子很饿，但我知道如果不分给里德一点，我是吃不下去的。而且他那不愿意卑躬屈膝接受低劣待遇的姿态让我很是欣赏。

接下来的两个星期，每餐饭我都把自己的口粮分一部分给里德，直到他的食物限制期结束。

那一天，狱警们正在给我们发餐盘，里德叫我到门口去。有时候，值第一班岗的警察里会有个心肠好一点儿的，他值勤的时候，会把我们的透气窗打开，等到把盘子都收拾起来或是准备换班时才关上。这是他们第一次任由里德的窗户敞开着，所以也是我第一次有机会一睹他的真容。他很高，有些发福，留着满脸的络腮胡子。

“什么事，里德？”我一边朝门口走一边说。

“你知道吗？”他说。

“知道什么？”我问。

“你丫下贱货，快把操蛋的屁股放到床上去挺着。”他说完这句话，突然爆出一阵粗暴的笑声。

我目瞪口呆地站在那儿，听着里德冲我飙出的一串又一串辱骂，气得咬牙切齿。这是我第一次在监狱里受到这样公然的冒犯，完全没有心理准备。再加上我一直把自己的口粮分给这家伙，冒着被警察发现就得和他一起吃烤糊糊的风险，饿着肚子坚持了整整两个星期。我发誓只要里德从地洞里放出来，我豁出去也得在他的脖子上捅个洞。这是必须的，不然其他犯人可能认为我可以随便摆布，甚至可能会有更糟糕的误会。

几个星期后，我回到了普通犯人区。我耐心等待着里德从地洞出来，准备抓住机会给他点颜色瞧瞧，可是我终究没能等来那一天。多年之后我才知道，有些犯人因为害怕被整，会在地洞把所有刑期服完。每当快要被放出来的时候，他们就想尽办法做些违规的事，好让安全评估委员会一直把他们关在下面。

等我终于可以再次去操场放风的时候，已经被单独禁闭了将近一年。从禁闭区回到普通监区的感觉有些怪异，除去手铐和镣铐之后，走起路来反而有些不习惯。

我朝新的监区走去，路上遇到一组犯人去食堂吃饭。我慢慢地从人群中穿过，试着找到一张熟悉的脸，但是一个也没有。这些人大都是三十到四十来岁年纪，与我有些格格不入。他们的脸上毫无生机，布满了纵横凹凸的皱纹，每条皱纹里都写着痛苦和压抑，一看就是在大牢里度日的囚犯。

我被指定到一间牢房，并且被告知，我们这个区的犯人已经去过食堂和操场了，所以我只能等到第二天早餐，才可以再次离开牢房。我不像周围的犯人那样有收音机、磁带播放器，或是电视机之类的消遣，只好拿出《圣经》读了起来。读厌了《圣经》，便读《古兰经》，看个几章，再做一会儿祈祷，然后又坐回到床上，听着周围的谈话声。有几个犯人站在各自牢房门口，讨论着电视节目里的情节。**突然一阵悲从心来，我感觉自己似乎已经被世界遗忘。**入狱这么久，我的家人或朋友并没有给我多少经济资助，这让我很难过。买台电视机要花大概八九十美元，而我的账户余额却连这个数目的四分之一都不到。

一想到这里，我就险些崩溃。**我诅咒每一个曾经说爱我的人，觉得全世界都在和我作对。**我的愤怒不断升级，变成了暴怒，为了释放痛苦和挫折感，我选择做俯卧撑来发泄情绪。记不清我一口气做了多少个，反正直到肌肉感觉酸痛不已，紧绷得快要爆开的时候，我才从床上坐起身来。

第二天，我在操场上遇到一个以前在外面认识的家伙，他外号叫“呆呆”。听说我刚从地洞里放出来，他送了些方糖和几袋薯条给我，并且告诉我，如果有什么需要的尽管告诉他。呆呆还把监区里的一些“黑色派”信徒介绍给我。虽然在卡森城监狱时，我已经正式加入了这个组织，可是在这里却无论如何也自在不起来。兄弟们对我都很好，但是就像我在来监区的路上看到的那些犯人一样，他们都比我年长，所以我们并没有多少共同语言。

起初的几周，我基本独来独往。每天早上，我会在自己的牢房里做些俯卧撑，然后冲个澡，白天主要用来读书，一直读到凌晨。熄灯后我会站在门口，就着窗户外透进来的一点儿亮光读书。

就这样又过了几周，我开始跟着呆呆和区里的其他几个家伙一起混，并且受邀加入了他们的篮球队。操场上有好些活动场地，篮球场是其中的一个。这项运动竞争性很强，而且很容易引起争端，所以一旦走进篮球场，最好做好自卫的准备——这里指的是真正的“自我防卫”。“不见血就不算犯规”是这里的基本原则，犯人们一边打球一边脏话飙个不停，加上上场的犯人们鞋垫里通常都藏着小刀，所以，一次严重的犯规最终可能引发一次持刀伤人事件，更严重的时候甚至是一场骚乱。

对我们来说，赢就是一切。在外人眼里我们是彻头彻尾的失败者，可谁也不希望亲自去印证自己到底有多失败。实际上，这些篮球赛没有什么意义，只是为了活动活动，分分心。可是我们自己却把得失看得很重，仿佛比赛结果能够定义我们的身份似的。尽管在这里，篮球是不断引起冲突、争斗甚至凶杀的根源，但球场上的人总是满满当当，而图书馆却总是空空荡荡。

大约一个月后，我被转到另外一个监区。这次运气不错，牢房周围都是些很不错的家伙，条件允许的时候，他们会偷偷把自己的收音机、录放机借给我，而且让我一连用上好几天。其他一些兄弟则会借书给我读。读着这些书，我感觉自己的心智获得了成长。我沉浸在非洲的悠久历史中，想象着那片远古时代“黑色土地”的风貌（后来希腊人把它重新命名为埃及）；我想象着饱受时间洗礼的金字塔，好奇它们是如何被建造出来的；我想象着廷巴克图城[④]是怎样创造出那样丰厚而宝贵的知识财富，赢得全世界羡慕的目光。在不长的时间里，我学到了许多有关非洲历史的知识，比那些年学校教给我们的多多了。

有一天，我看到很多兄弟在操场上闹哄哄地聚在一起，上前一打听，原来是一个叫做巴鲁蒂的“黑色派”教友，即将转到我们这一区来。巴鲁蒂留着一头长发，一直垂到后背，还有一身发达的肌肉。巴鲁蒂正直自律，在教友们当中很有威信。被关押在爱奥尼亚县的最高安全级别监狱期间，他被控导致另一名犯人死亡，最后被转到这里来。听兄弟们说，巴鲁蒂虽然受到这样的指控，但据说相关的证据和检测过程都十分可疑。不过对这种消息，我总是半信半疑。

终于见到巴鲁蒂本人时，我顿时就被他的平和宁静深深折服。他并没有对自己在监狱里的资历大吹大擂，反而处处显示出睿智的导师风范。他总是以身作则，在无形中影响着我们。每天早上一上操场，他就心无旁骛地锻炼身体，总是

④ 马里历史最为悠久的一座历史名城，历史上是贸易和文化中心，是古代西非和北非骆驼商队的必经之地，也是伊斯兰文化向非洲传播的中心。

精力充沛地跑在队伍的最前面，把大家甩得很远。有时我们会分成小组，对自己读过的书以及世界各地发生的事情展开讨论，这种时候他总是鼓励我们发言。巴鲁蒂告诉我，永远也不要对任何事情全盘接受，同时要坚持孜孜不倦地学习。每当我提出有助于教友们提升的建设性意见，他便会对我表示赞许，让我继续努力。

巴鲁蒂待我十分亲切，渐渐地，我们的关系变得有几分像叔侄或兄弟，我也愈加为自己是“黑色派”的一员感到自豪起来。

我利用与年长教友们一起学习的机会，不断地汲取智慧的养分。这个过程，我们称之为“建设”，因为学习的最终目的，是在互助、互爱和互相理解的前提下，开展新的生活。“不论你在这里做了什么，”巴鲁蒂这样告诉大家，“永远不要放弃学习，不要放弃成为更好的人。”我对他并不总是言听计从，但是多年之后我才明白，他的每一次谆谆教诲都具有重大的意义。

我永远也不会忘记图书馆的教友们看到我不断去查阅书籍后，是怎样给予我支持的。每当图书馆收录了黑人作家的新书，他们都会保留下来借给我。到了最后，只要我出现在图书馆里，他们随时会拿出挑好的书给我阅读。教友们还要求我在读完他们给我的书后写一份详细的阅读报告，因为他们想知道这些书是否值得一读，同时也想确认我是不是真的读进去了。正是因为巴鲁蒂和众教友不断提出中肯的建议，向我发出新的挑战，我才学会了主动思考，出狱后也有了更明确的目标。

不过世事无绝对，我在“黑色派”学到和做的一切事情并非全都是积极正面的。说到底，这里还是监狱，是一个由丛林法则统治的地方。这么说吧，作为组织的成员，我好几次亲身体验了什么叫“蓄意使用暴力”。

有一天，我在操场上接到通知，说要召开安全会议。这种非正式会议是由负责保护组织的教友们发起来的。那天的早些时候，另一个监区的犯人和我们的一个兄弟发生了口角，最后那家伙把我们这位兄弟囤积的杂货踢得满操场都是。这事本身不算严重，但是我们却不能放任不管。

在商讨中我们发现，第二天去操场上放风时，那个搞事的犯人正好要跟工作人员一起在操场上干活，我们立马决定就此制订一个复仇计划。头儿问我想不想参加，我毫不犹豫地答应了。一个大块头教友站出来，说他愿意跟我一起去，于是我们便与安全会议的成员们说好，第二天执行计划。其中最困难的部分，是既要把事情办成，又不能被警察看到或是被监控设备拍到。

把安排谈妥后，我像往常一样，一边锻炼一边与蒂姆和巴鲁蒂聊天。安全会议的事是不能对他们透露的，可我能看出来他们对此心知肚明。巴鲁蒂让我停下来，对我说了些好多年后我才会懂得的肺腑之言。他告诉我，永远也不要被别人当枪使，其中包括自己的伙伴。

但遗憾的是，当年的我没能充分领会他话中的深意。巴鲁蒂看到了我对教友和组织的忠诚，但是他也很清楚，我们这些容易偏听偏信的年轻人大都比较单纯，对各种运动的看法总是异想天开，也常常将自己的忠诚付错于人——这一点经常被更老练的成员利用。巴鲁蒂不能明说让我别去，不过现在回想起来，那正是他真正想表达的意思。

第二天我们来到操场的时候，正是开始行动的好时机。空气似乎都变得紧张起来。我们已经告知其他组织今天就要行动，所以大家都在拭目以待。在我的记忆里，斯坦迪什绝密看守所的篮球场，破天荒第一次这样空荡荡的。

我穿过操场，走向安全小组日常活动的地点与大家碰头，双手一直在冒汗。我跟大家打了招呼，做了简单的汇报，然后一个教友拿出一根铁棒交给了我。这根铁棒的一头被磨出了大略的尖头形状，另一端则被撕破的床单包起来当作把手。我将这根铁棒握在手里，感觉它杀气腾腾。说好跟我一同行动的教友自己也做了根铁棒，我们再次将整个计划过了一遍，便离开了碰头地点。

按照计划，我们先是绕跑道走了几圈，等待猎物接近预想中的地点。那是一个摄像头无法拍到的地方。虽然监狱里到处安装着摄像头和枪塔，但盲点依旧存在，而且每个犯人都知道那些地方是危险场所。不过，我们的目标对于即将发生的事情一无所知，所以他很快就朝我们预期的方向移动。当他走进摄像头的盲点时，我们加快脚步，偷偷跟了上去。没等他反应过来，我们已经动手了。

我一把抓住他的上衣，用铁棒在他的肋部和后背捅了好几下。铁棒第一次刺穿他的皮肤时，他哀号着问道：“我哪招惹你们了？！”但我们谁也没有多说，而是将手里的铁棒举起又刺下，来回好几次之后，才放他穿过操场逃走。

然后我俩转身，朝跑道的那一头走去，安全小组的成员正等着收回两根铁棍。我们将武器交回便混进了其他慢跑的犯人中。等我们来到练习引体向上的地方，警察才刚开始为被刺伤的犯人实施救助。几分钟之后，警报声响了起来，警卫们命令操场上的所有犯人回到各自的监区。

在接下来的日子里，有关那次报复行动的消息在操场上传得沸沸扬扬，我们组织的名声也得以保全。丛林法则就是如此，我们的表现可圈可点。可是，沉浸在教友们的赞美和犯人的敬畏中，我还是感觉很矛盾。一方面，在了解我们黑人的历史和文明后，我懂得了要关怀和爱护自己的兄弟和伙伴；可另一方面，要是有人做了让我们觉得有失脸面的事，不论对方是不是黑人兄弟，解决问题的方式却总是不分青红皂白地朝对方捅刀子或开瓢。这个矛盾我左思右想也调和不了，很是伤脑筋。没过多久，我自己也遇到了真正的挑战：要做出关于“黑色派”以及我在这个组织中所扮演角色的艰难抉择。

在斯坦迪什这一年剩下的日子里，我过得很安分，所以很快便被转回了密歇根监狱。当我告诉巴鲁蒂自己的去向时，他的眼睛里一下子有了神采。他说他的儿子也被关押在那儿，让我到时候去找他。当时我并不知道自己与巴鲁蒂会一辈子保持联系，虽然直到十六年之后我们才再次相见。

从 1992 年开始，我第三次被关押在密歇根监狱，这也是我的牢狱生涯中最重要的一个阶段。我决定改掉自己的名字，洗心革面。在见惯了白刀子进红刀子出、见惯了彻底的绝望和公然的种族偏见之后，男孩杰伊就此销声匿迹，取而代之的是一个成年男子沙卡。同样是在这段时间里，我懂得了多年来爸爸一直想让我明白的事情——我很聪明，我拥有领导才能，至于要将它用在正途还是邪路上，决定权在我。在这间监狱里，我开始了解人类的同情心和心意相通具有多么强大的力量。

不过我的蜕变不是一夜之间发生的。我继续向着最低点坠落，只有在触底反弹的作用下，才能克服过往经历中形成的暴力惯性，冲向顶峰。

回到密歇根监狱的第一个月是适应阶段。我知道自己会在这儿关上一阵子，得想办法好好将时间利用起来。我加入了一个新的“黑色派”组织，也见到了巴鲁蒂的儿子优素福。能遇到一个和我怀有同样梦想的热血青年倒是挺兴奋的，不过因为我们俩从前都是混街头的老鸟，所以并没有一拍即合，反而花了几个星期试探对方的深浅。一旦发现对方和自己一样喜欢阅读，有改变世界的理想，友情就自然而然建立起来了。

与此同时，我也会找其他组织的兄弟们讨论一些比较深的问题。在斯坦迪什，不同组织的兄弟们只在自己的圈子里活动，可是回到这儿以后，我开始接触其他组织的成员。在我看来，我们这一千五百多个年轻男性生活在同一个空间里，在其中找到共同点是很重要的事情。虽然我们持有不同的哲学观，信奉不同的神学学说，但是我们都经历过同样艰难的成长过程，也都身陷于冷漠的司法大机器的齿轮里。因为我愿意倾听和了解其他组织的教义，大家都很信任我，所以我便成为不同群体之间暴力事件的调停人。

有一天，我干完自己的工作刚回来，一个警卫在广播里通知我，说我有访客。那时候，我与布伦达早已决定结束我们的关系，她要努力挣钱抚养我们的孩子小杰伊，所以爸爸和继母就把孩子带在身边，好让布伦达有时间处理好自己的生活。前两次关押在密歇根监狱的时候，没有人来看过我，所以这次也不知道来的会是谁。我冲了个澡，跑回牢房去穿上向一位兄弟借来的衣服。（我没有自己的衣服，更不想穿着监狱的蓝色囚服去会客。）

我走进会客室后被带到了楼上，爸爸带着小杰伊和我的两个妹妹正坐在那儿等着我。我把两岁的儿子从头到脚看了个遍，心脏如同擂鼓一般狂跳个不停。看着他胖乎乎的小脸蛋，我那被监狱生活磨硬了的心肠，就像放在热吐司上的黄油，一下就融化了。我笑着与爸爸、妹妹打招呼，拥抱，然后想上前抱抱自己的儿子。可是就在我往上靠的时候，小杰伊却害怕得直往后缩，让我恨不得当场撞墙。好不容易我忍住了眼泪，爸爸的一番劝慰又叫我破功。

“没关系，”爸爸安慰我说，“他会喜欢你的，放心吧，他只是有些认生，需要一点时间才能跟别人熟悉起来。”

爸爸说得没错，但我却在心里狂吼：“我不是什么别人，我是他爸爸！”尽管如此，我还是保持着表面的平静，和家人一起坐了下来。

我们聊着这些年家里发生的事情，听得我真恨不能马上找个法子从这里出去。又过了半小时，小杰伊终于愿意靠近我，也允许我抱他了。我把他搂在怀里，好让他感觉我的心跳，以及我对他无可置疑的爱。看着怀里笑呵呵的小杰伊，我已经忘掉了自己仍然身处高墙。他融合了我和布伦达两个人的特点，是个帅气的小宝宝。我们把他带到了这个残忍而丑陋的世界上来，理应保护他免受各种伤害。为了这一点，我愿意付出任何代价。

又过了一个半小时，小杰伊变得焦躁起来，开始又哭又闹。爸爸说小宝宝睡午觉的时间到了，他们也该走了。我最后一次紧紧地抱了抱小杰伊，把他交到我的爸爸手里，然后告诉警卫，我的家人要走了。

他们送我们一道下楼，离开会客室时，我转过身看着站在铁门另一侧的家人。我笑着朝他们挥手，小杰伊举起了胳膊，像是在说“爸爸抱抱”。在那一瞬间，我身体里的每一个细胞都在催促我，快去拉开铁栏杆，把儿子搂进怀里。

“怀特先生，你该回牢房里去了。”警卫的话打断了我的思绪。我转过身，把满腔的愤怒化作炽热的目光瞪着他。他低下头，领着我走进了搜身的房间。我就那样麻木地脱下衣服，任由警官逐一检查，脑子里不停闪现着小杰伊的小脸，当他明白我不能跟他一起走时，那张脸上写满了失望。

我一直努力适应牢里的生活，全心全意地想着怎样把日子一天天打发过去。可是这次家人的来访改变了我。一想到我的孩子是那么弱小，爸爸却无法在他身边引导和保护他，我就无法继续安安稳稳地待在牢里。我有了逆反心理，逐渐陷入深深的愤怒和压抑中，并且把这种情绪发泄在了警务人员和其他犯人身上。

不论我过去花了多少时间与教友们建立感情，现在仍然无法摆脱焦躁的状态。我开始唯恐天下不乱，总巴望着谁来干点出格的事，好让我有机会教训教训他，借此释放我的痛苦。就在家人来访后的一星期，这个机会出现了。

在卡森城的时候，曾经有个犯人说我偷了他的自动售货机卡。他冤枉了我，警察们通过调查后也证实了这一点，但是从那之后我就一直耿耿于怀，想要报这个仇。现在，这个犯人也被转到密歇根监狱来了。

有一天，我们区新派来一个警察，他不如从前负责在这一区巡逻的警察管得那么严，所以我的机会来了。趁着警察放我们去吃饭的时候，我发现复仇目标正在下楼，于是迅速走到离他不远的地方。巧的是，我隔壁牢房的犯人正好站在我们前面，挡住了警察的视线。“我说过总有一天会逮到你。”我一把掐住他的脖子说道，然后按着他的头往旁边一扇窗户上猛撞，破碎的玻璃碴儿糊了他一脸。

老实说，这种感觉爽翻了，更重要的是，没被警察发现。那个下午，我的心情真的有所好转，只是可惜没轻松多久，第二天所有的阴郁和压抑便卷土重来了。我觉得自己必须再揍几个犯人才行，而且也真的这么做了。

一周后，我勒住了一个没有及时还债的犯人的脖子，还把另一个家伙揍了一顿，因为他在篮球场上叫了我侮辱性的称呼。就像吸血鬼为了续命而吸取无辜者的鲜血一样，我只有不断地伤害毫无戒心的狱友们，才能求得短暂的思想上的平衡。我的大部分攻击行为都没受到惩罚，反而很快为我赢得了一个“拼命三郎”的称号。不过接下来的那个月，我终于因为向一个惹恼了我的犯人脸上扔了一盘滚烫的土豆泥，被罚关禁闭了。

关进地洞后，我怀着对那个揭发我的犯人的刻骨仇恨，在牢房里如同困兽般来回踱步。我头脑和思想中的硬瘤越来越坚硬，情绪也越来越低落，同时却又变得自怨自艾起来。我对自己感到失望，因为我竟然放任愤怒的情绪控制自己的行为。更让我感到失望的是，我竟然用攻击黑人兄弟的方法发泄情绪。我的所作所为与自己理想中的那种人简直有着天渊之别。我希望自己成为一个内心强大的黑人和领袖，可是我干的这些事儿却比一个街头暴力分子好不到哪儿去。

15

底特律西区，布莱特摩尔
1990年3月

出院后，我又回到自己混迹的街区，成了一个比开枪打我的那个家伙还要阴郁难搞的人。接下来的十四个月，当我在街头横行时，愤怒成了我的面具和护盾，就连心中仅存的那点破碎的纯真也被消耗殆尽。但另一方面，当时的我对自己内心的变化一无所知。

无论干什么，我都把枪带在身上，人不离枪，枪不离人。就像瘾君子离不开溜冰的吸管一样，我也离不开自己那把 9 毫米口径的陶鲁斯手枪。我上床带着枪，醒来拿着枪，就连上厕所的时候，枪也必须放在一伸胳膊就能够着的地方。只要有任何风吹草动，我随时准备开枪。

我去俄亥俄州跑了好几趟，卖出去的冰是底特律销量的两三倍。这买卖利润丰厚，赚来的钱我们会拿来买更多的枪。我们需要枪，因为当地毒贩看到我们外来的赚得比他们还多，心里非常不爽，以致我们之间的暴力事件不断升级，最终我意识到，在别人的地盘上打持久战是不可能赢的，所以我们关了店，回到了底特律。

回到底特律后，我打算从哪里跌倒再从哪里爬起来。虽然这个街区的生意已经淡了很多，但是我知道，如果想要赚钱，就必须想办法把布莱克斯通街的热度再炒起来。

我主动联系了一些从前的客人，把重新开张的打算告诉他们。虽然回来找我买冰的客人不多，但好在人数在不断地增加，赚的钱也足够我维持生意了。和从前大笔大笔地进账相比，这样的收入自然不高，但我坚信，这条街一定会重振雄风，钱财很快就会滚滚而来。

大概一周之后，我发现塔米卡家隔壁的房子里，新搬来了一大家子，尽管里面没有一个是我认识的，但很快我就注意到，那栋房子里有很多年轻女孩进进出出。从一切迹象看来，其中大部分都是那家的住户。这倒是正合我意。由于善于和社区的女孩们搭关系，我们这伙人已经名声在外，很快，这个名声就会因为我而再上一层，变成“善于和邻居家的女孩搭关系”。

又过了大约一周，我注意到几个老客户也经常进出在隔壁那栋房子里，这让我不禁怀疑，那里是不是也在卖毒品。果然，我的想法最后得到了证实。

那天傍晚，从隔壁房子里走出来一个女孩。她朝我这边走来，穿一身运动服，肤色比较浅，脸上洋溢着灿烂的笑容，一头黑亮顺滑的长发在脑后梳成一个马尾。看着她一副胸有成竹的样子朝这边走来，我心里不禁乐开了花。

“你有枪可以借给我吗？”女孩向我问道。她的声音听起来轻松随意，好像只是问我借一块糖而已。

起初我很疑惑，为什么这样的女孩会需要一把枪，再说，如果她需要枪，为什么要找我这么一个素不相识的人？但是很快，我便想到隔壁房子的动静，以及这些年来我在毒贩生涯中的所见所闻。我告诉这女孩，自己可以借给她一把从客户那儿买来的小型6.35毫米口径雷文手枪，但她必须要还给我。

一个十多岁的大孩子把枪借给另一个十多岁的大孩子，是件多么荒谬的事，不过当时我并没有想到这一点。我只是想着，如果我也需要从她那儿借把枪，一定希望她干干脆脆地借给我，不要问太多。

我们聊了聊，然后女孩告诉我，她之所以需要枪，是因为自己在布莱克斯通街的另外一头卖冰，她还问我转天是否可以给她店里带些冰。后来女孩便回家了，而我也知道了她的名字：布伦达。

这就是我和布伦达初次相识的过程。简单说来就是，“男孩遇见女孩，女孩向男孩借枪，男孩和女孩合伙卖毒品。”

接下来的几周，我每次遇见布伦达的时候都会聊上几句，但仅限于聊些和买卖有关的事，没有产生任何火花。直到有一天，我在街上看到了布伦达，当时的她与平常的样子截然不同。她做了头发，还化了一点妆，穿着一件可爱的短装，很有些年轻淑女的样子。她的脸上洋溢着笑容，显得光彩照人，平常那副严肃的表情荡然无存。这样的布伦达引起了我的兴趣，而且听我的一个女性朋友说，她对我同样有感觉。短短几天，我们之间公事公办的简短谈话就变成了促膝长谈，没多久我们就开始了正式的交往。

从外表来看，成长的艰辛和在布莱克斯通街混生活的经历，已经将布伦达磨砺成一个十分强硬的女孩。她很容易被激发起斗志，也从不害怕坚持己见。不过，我越是了解她，就越能发现这个年轻女孩有着多么宽大的心胸。为了保证兄弟姐妹不愁吃穿，她什么事都愿意去做，如果他们的安全受到威胁，她会毫不犹豫地跟人家拼命。悲哀的是，与许多家庭扭曲的年轻黑人一样，她那颗原本十分柔软的心也因为日积月累的忽视、伤害和痛苦，而被打磨得越来越坚硬了。

刚开始交往的时候，我们常常到街上闲逛，两个人打打闹闹，嘻嘻哈哈，有时候则会在她家的后屋里聊天。没过多久，我们个性里那善变的本色就开始突显出来，并且常常发生冲突。我自小就被父母教导要尊重和善待女性，但谁也没有教过我该怎样应付一个像布伦达这样反复无常的女孩。不论是对是错，她总是喜欢声嘶力竭地反驳，而我却不愿对她说任何难听的话。我们之间的第一次争执——因为我拒绝把钱借给布伦达的姐姐去买设备而引起的——最后差点让我们俩打起来，那时候我就应该知道，我们是一对火药味很浓的伴侣。我和布伦达就像两只同样折了翅膀的鸟儿，努力在彼此身上寻找着慰藉。

一个月后，我和布伦达开始同居，并且在家里卖起了冰毒。为了生存下去，我们真是豁出去了。因为客人会来到我们的住所，所以我们必须格外警觉。对于放进家门来买毒品的人，我们特别谨慎，家里总是放着好几把枪，而且我们从不怀疑，如果有必要，我们其中一个肯定会用到这些枪。这些年混街头的经历让我们知道，别人统统靠不住。有时候客人会摇身一变成为敌人，更别提还有竞争对手随时等着给我们下套。

这样的生活节奏很快，而且很残酷。我们被迫铤而走险，却又满心绝望。为了麻痹自己不去理会心头萦绕的悲伤，我酗酒越来越严重。我讨厌看到毒瘾父母把本该属于孩子的食物和衣服拿去变卖，讨厌为了守住我们的地盘不得不处心积虑地与其他毒品贩子斗智斗勇。我感觉不到快乐，因为不论挣多少钱，它们始终无法治愈我在孩童时代受到的深深伤害。

春天很快来了又去，我们的生活可以简单概括成一个个片段，比如去商场购物，在快餐店用餐，在廉价汽车旅馆开个即兴狂欢派对。就像大部分毒贩一样，我们只顾享受当下，从不考虑退路，也不懂得对眼前的收入做任何长远的打算。我们挣得快，花得也快，而且总在与别人攀比。如果停下来数一数自己手头到底还剩几个钱，我们可能会发现，自己豁出命去干的事儿，只不过挣来了非常微薄的一点报酬。

几个月之后，我开始与布伦达堂姐的男朋友合伙，生意又开始上了一个新的台阶。堂姐的男朋友原本一直在社区另一头的售卖点卖毒品，已经存了几千美元。如今我们合伙，打算卖各种不同价位的冰毒和可卡因，然后利润分成，从每天挣个几百美元发展到每隔几天就能挣两三千美元。虽然这算不上了不得的大买卖，但至少我们感觉，一切正在朝正确的方向发展。

俗话说“好事成双”，就在这时候，布伦达发现自己怀孕了。所有常见的怀孕症状都在她身上一一显现——早晨起来恶心想吐、情绪起伏大、怪异的饮食习惯等。每天晚上，我们都躺在床上聊着即将出生的孩子，以及对于他所寄予的期望。知道一个新生命很快就要来到这个世界，我们兴起了改变的念头。我们开始商量着等存够了钱就离开这个行当，然后搬家，开始新的生活。可是，不管我们头天晚上谈到新生活时有多么兴致勃勃，第二天天一亮，我们又和平常一样操起了贩毒的营生。

我和布伦达的确想为自己和孩子创造好一些的生活，只是面对犯罪和绝望的恶性循环产生的吸引力，我们不知该如何逃离。而且没过多久，我就被这种循环死死地套住了。

16

密歇根州，爱奥尼亚县，密歇根监狱
1994年

这是我第二次在密歇根监狱被关单独禁闭。不过这一次，我已经很清楚自己将要遭遇什么，以及如何熬过一天二十三个小时被关在笼子里的生活。我很快就安排好了规律的作息，上午蒙头睡觉，到了晚上，当其他关禁闭的犯人闹个不停的时候，我则读书到深夜。

关了三十天禁闭之后，爸爸来探视我。我们努力表现得像平常一样，爸爸不停地安慰我，跟我聊家长里短，说了好多鼓励的话。我知道他是一番好意，但是所有这些消息听在我的耳朵里，却像是在说：你可能再也无法踏上自由的土地了。

外面的世界里虽然没有我，但大家的生活都在继续。我的小妹妹们长成了大姑娘，布伦达努力抚养小杰伊，做好一个尽职尽责的单亲妈妈。我的儿子会变成一个少年，然后是青年，却没有机会跟他的爸爸打上一回橄榄球。

在地洞里单独禁闭六个月后，我被放回了普通监狱。监狱派我去厨房里工作，但我很快因为跟上司吵架而被炒了鱿鱼。这样一来，我倒是有更多时间可以在操场上和兄弟们搞好关系了。我们和其他组织结成了联盟和认真研读书籍的学习小组，有一天，在教友的提名下，我坐上了精神导师的位置。我开始负责为教友们的心灵成长做教导和指引，每次礼拜仪式上我都是主讲人，而且还会作为顾问，帮助兄弟们处理他们在情绪和精神上遇到的难题，同时也负责我们和其他宗教组织领袖们之间的沟通。

我从没想过自己有一天会成为精神导师，但最后却发现，我天生就适合这个位置。我开始向“黑色派”的理事会发起挑战，希望能改良为教友们提供教育的方式。我们原来的模式，是让成员们将资料囫囵记在脑子里，可是这个方法已经被证明无效，所以我写了研读指引，希望能帮助大家更好地理解学习资料。在操场上与警察抗争的时候，我也会鼓励成员们采用更加克制的方式。从前我们的教派一直沿用《圣经》和《古兰经》作为心灵成长的研读资料，但是我打破了这些限制，鼓励大家阅读更加具有革命性的文学作品，比如阿塔莎·夏库尔和乔治·杰克逊等作家的著作。

被厨房炒鱿鱼后不久，我被指派到娱乐中心去工作，这里可是一座监狱的核心地区。所有见不得光的交易，从毒品的扩散、放高利贷、赌博到靠打普尔弹子球赢钱，统统发生在这里。对我这个精神导师来说，这份工作再合适不过了，因为在这里能接触到每个行当的人。不论什么时候，只要我想发起集会，就可以打着篮球赛或举重比赛的幌子进行召集；我们的教友们在操场上遇到任何麻烦，我们都可以聚在这里制定偷偷报复对方的策略。

随着我们和其他犯人之间的矛盾日益升级，打击报复行动也变得频繁起来。我发现自己陷入了和在斯坦迪什时同样的矛盾。一方面，我告诉兄弟们，白人的特权和法西斯主义是我们的敌人，但是转过头我就命令他们去捅那些和我一样有着棕色皮肤的犯人。

我渐渐厌倦了这种“一旦发生冲突，必须马上有所反应，并采取行动进行报复”的日子。当肩上的任务变得越来越重时，我终于决定从精神领袖的位置上退下来，不再把自己置于风口浪尖，而是重新考量自己的人生方向。我的自我意识日渐明晰，但是牢狱生活的引力拉扯却是不可抗拒的。我发现自己的内心斗争不断，只有在娱乐中心锻炼身体的时候才能感觉到真正的平静。

就是在这个时候，我写了一篇文章，并且向监狱里的报纸投了稿，文章内容是我的姐姐为戒冰毒所做的努力，以及我对此的感受。虽然写文章的时候我没有想太多，但是大约一个月之后，这篇文章竟引发了一段足以改变我人生轨道的谈话。

那天我去娱乐中心上班，看到我的监督者汤姆正坐在那儿读报纸。他不断地看一眼报纸又抬头看看我，眼神里有着我以前从未见过的好奇。

“沙卡，真是你写的吗？”他问。

“是我写的啊，汤姆。”我轻声笑着回答。

“写得真不错，我想带回去给我妻子看看。”

转天，汤姆告诉我，他的妻子是个报社编辑，她认为我有当作家的潜力。当时的我从没想过写作是什么值得认真考虑的事。虽然我对待阅读很认真，但是对于将来，我唯一能想到的只是出狱，然后继续过我的人生。除了自由之外，我没想过别的。

但是汤姆的话总在我脑海里萦绕不去。除了肯定我打架很有一套之外，已经很久没有人说过任何肯定我的话了。汤姆的话让我感觉到，原来自己也能有真正的一技之长。

不到六个月，我在监狱里的地位已经不可动摇了。犯人们依赖我的处事公正，以及与众不同的交际手段。解决冲突的时候，我总是试着寻找一个能让所有人都达到目的的办法。比如一方想要钱，另一方想要活命，这样一来我们就能找到解决的办法。

1996 年夏天，监狱里的几个犯人组织和警察之间的关系格外紧张。其中有两个特别讨厌的警察，他们管控着教养所的整个操场，在那之前的数周里，他们已经将好些犯人打趴在地上，而且还非法没收了他们没有权利处置的物品。我们组织了无声抗议，统一了体育锻炼的项目，总之采用了各种方法，向警方展示我们的团结一心。而警察们则通过陷害组织领袖，进行打击报复，我自己也是被陷害对象之一。

一个被大家称为 W 警官的警察开始频频对我进行勒索，有事没事都会到我的牢房里来大肆搜查一番。虽然我从没被抓住过把柄，但最后还是被他嫁祸得转送到卡森城监狱，而他的目的，就是要将我和我一手组织起来的教友们隔绝开来。不过，我不在的日子里，密歇根监狱里的斗争依旧进行得如火如荼。我被转走后没多久，便有一些警察的职位发生了变动，其中一个还险些被犯人捅死。

转到卡森城监狱后的三年里，我一直在各个监狱之间辗转着。先在卡森城待了十一个月，然后又去马尼斯蒂的橡树监狱待了一年，后来在阿德里安的格斯·哈里森监狱被关押了一年左右，那儿的犯人和警卫之间的种族冲突十分频繁。这些监狱的样子都差不多，规模都很大，类似社区活动中心那样的红砖建筑，这是密歇根州兴建监狱时期的模板。

在各处被关押期间，我都与“黑色派”的教友们走得很近。我努力引导年轻的犯人，同时也与监狱里的其他组织谋求共同的利益。为了达到平衡发展的目的，我强调大家要重视体能锻炼，而且还会举办我们称之为“百家饭”的活动，让教友几乎每天都在一起吃饭，确保大家都能得到必需的营养。所谓的“百家饭”，其实就是把日本拉面、奶酪、熏香肠、泡菜和撒了辣椒的粟米脆饼混合在一起吃。这是我们用来补充营养，并且打破监狱饮食垄断的办法。

被转到阿德里安的时候，我已经服刑八年，隧道尽头开始出现隐隐的曙光了。如果以最短刑期来看，我的刑期已经过半，而且我已经努力降低了自己的安全级别。有一天，爸爸带着我的继母和儿子来看我，我在他们面前表现得很激动，因为我知道自己正在尽量安稳地度过刑期，并且很快就会降到中等安全级别。爸爸说他为我感到骄傲，因为我能控制自己的行为，不惹麻烦。虽然距离最早的释放期还有八年，但是一想到我已经撑过了前面这八年，就会感觉舒服许多。

隧道的尽头肯定有光明，可是还有些事情比那道光明来得更早。那次探视后过了没几天，监狱管理方决定将我们这个组织的领导层进行分割，所以把我转去了马斯基根的一个监狱。正是在那儿，我这些年所有的收获和成长都受到了一场考验，一场我没能通过的考验。

17

底特律西区，布莱特摩尔
1991年

7月一个炎热的夏天，我和布伦达正坐在客厅，我们的朋友戴里克来了。他请我去给周末的一场聚会做DJ。虽然我已经记不起上一次碰唱盘是多久之前的事儿了，不过还是答应了下来。音乐是我的爱好之一，能看到人们随着我播放和编辑的音乐起舞，也是一种享受。我和布伦达一整个星期都在对那个夜晚翘首以盼，甚至还跑去商场买了衣服，以确保我们的穿着能配得上那个场合。

那一天我们到得很早，参加聚会的人也陆陆续续地来了——这是个好现象，说明大家可能会玩得很嗨。大约一小时后，院子里已经挤满了人，熙熙攘攘的好不欢乐。大家都在喝酒抽烟，我要放唱片，所以没打算多喝。唱片放了没多久，另一个街区的一伙兄弟们走过来，开始发我最爱喝的两种酒。我知道自己受不了这个诱惑，所以把唱盘交给了别人，跟着大家一起喝起来。

我们在院子靠后的位置占了一张桌子，我和布伦达开始跳舞，出怪卖丑给对方逗乐。这是我们第一次一起参加聚会，所以要尽情享受这一刻。

可没一会儿，枪声就响了起来。

人们纷纷尖叫着，哭喊着，从后院跑了出去。我拔出随身带的枪，让兄弟们跟着我到房子的前面去。来到前门时，一个兄弟找到了我，大概说了说事情的缘由。“老天，戴里克那个黑鬼刚刚朝一个混蛋胸前开了一枪。”戴里克是我这边的兄弟，如果他是开枪的人，就意味着我们最好也提高警惕。

但我对整个事件的来龙去脉完全一无所知。也许他跟某个我们不认识的人发生了冲突，那人可能正在回来复仇的路上；或者是跟某个我们认识的人产生了冲突，那么这人就知道上哪儿能找到我们。上次枪击事件的阴影还没有彻底散去，一想到某个人会摸到我的家里去，因为戴里克的事向我寻仇，我不由得紧张起来。

戴里克已经不知去向，所以我对形势有些不好拿捏。我说“我们还是回家吧”，便带着布伦达绕到后面的街角，打算走回去。我一步三回头地走着，观察着，还得留意不被驶来的车灯晃到眼睛。

好不容易，再拐过一个街角就是家了，这时候一辆吉普车却突然在我们身边停了下来。我暗暗拉开了揣在口袋里的380手枪保险栓，只要让我发现一丁点不对劲儿，马上可以直接从裤袋里掏出来开枪。不过最后我们发现，那个司机不过是想问路而已。

我舒了一大口气，与布伦达说着话，踏上了我家的车道。

正当我们打开房门要进屋时，一辆普普通通的白色轿车在车道前停了下来。看着司机慢慢摇下了车窗，我脑子都乱了，心想着门廊上光秃秃的连个躲的地方都没有，我们两个只能站在原地等死了。于是，我的手指再次不自觉地搭到了手枪的扳机上。

就在这时候，一个熟悉的声音从汽车的后座上响了起来。“嘿，杰伊，你在呢？”

那是汤姆，我最喜欢的客户之一。汤姆是个中年白人男子，是从西区那边的郊区赶过来的。他说话又快又老练，就像是我们这儿的老街坊一样，而且他每次来都是一口气买上好几百美元的毒品，所以很是有名。

听到汤姆那熟悉的声音，我不由得松了口气。我让布伦达先进屋，自己则朝那辆车子走过去，我的朋友兼同伙马克紧跟在我身后。

当我走到那辆轿车旁，看到两个不认识的白人坐在前座上，而汤姆坐在后座上，手里拿着一大把钱，比以往任何时候都要多得多。事情不太对劲儿。

“嘿，你怎么把我不认识的人带到我家来了，”我对汤姆说，“你明知这里的规矩。”

“他们人很好，杰伊，”汤姆说，“我们只是想买上一包。你生什么气呀？”

我和汤姆争吵起来，说他像是警察的线人，所以不打算卖货给他。他不断地求情，努力说服我卖给他。可是当时的我心里又是愤怒又是疑虑，只希望这个晚上赶紧过去。所以我打算速战速决，将这场对话彻底结束。

“我给你们五分钟的时间，滚开这个街区，赶在事情没变糟之前。”我说。

这一次，汤姆的朋友搭腔了。“这是个自由的国家，”他说，“我们哪儿也不用去。”

这让我更加紧张起来。“你们要是脑子清醒，就他妈的赶紧离开这儿。”我提高了音量，声音里的威胁意味更明显了，但是汤姆的朋友却不肯让步。

“去你妈的，不得到想要的东西我们是不会走的。”他反驳我。

我还从没接待过脸皮这么厚的客人。“你们是不是警察？”我问道，并且再次让他们离开。但是汤姆的朋友继续冲着车外大嚷。

“你说我们是不是警察，他妈的什么意思？我们是来花钱的，你跩什么跩？你别给老子装逼！”他大声吼道。天色太黑，我看不清他的长相，只能看到他坐在副驾驶座位上，身体前倾，仿佛马上就要从车里跳出来。这时候我拔出枪来。

一直在旁观的马克赶紧劝我冷静。“别理他们，杰伊，我们进屋去吧。跟他们扯个屁，被卷进去不值得。”

就在我们打算转身回家的时候，汤姆的朋友突然打开了车门。我心里有什么地方“咔嚓”一声，被枪击的记忆突然闪现在脑海里，我的本能声嘶力竭地尖叫：又来了！我猛地转过身来，枪已经拿在了手里。

汤姆的朋友似乎说了些什么，但是事到如今，我已经彻底记不得他说的内容，甚至不清楚自己当时是否听清了他的话。我只记得自己每个细胞都受到了危险的刺激，使得我朝车子里连开数枪——砰！砰！砰！他们赶紧发动了汽车，加速朝街角驶去，轮胎剧烈摩擦着地面，发出刺耳的噪音。

我没看清那个人的脸，也永远都无法知道他手上是否拿着点什么，我没有听到他痛苦的哀号，也不知道打中了他的哪个部位。只是冥冥中有个声音在告诉我：可怕的事情发生了。就在那一刻，我知道那家伙死了。我以前也曾朝别人开过枪，但只是为了把他们吓跑。这一次不同，这一次，我开枪杀了他。

我回到家里，大家见了我就像见了鬼似的。他们表情严肃，眼里满满的尽是指责，仿佛已经知道我打出的子弹夺走了一条活生生的人命。布伦达和我打算收拾收拾，把房子锁上，然后到她姐妹家的房子里去过夜。

到了那儿之后，我才告诉布伦达自己杀了人，她倒在我的臂弯里失声痛哭。在街头混日子的报应终于来了，并且是以最糟糕的方式直接命中了我们的要害。布伦达已经怀孕了，她正准备着和我一起努力，打拼一个更加美好的未来，而我们的小家庭却因为我的一时过错，即将遭遇灭顶之灾。我与布伦达为这个世界贡献了一个新生命，可是现在却又夺走了一条活生生的人命。

被逮捕时的情景，一直是多年来我心头最痛的症结之一。

开枪的第二天，一个侦探出现在了门口，我马上就知道，我那些所谓的兄弟们全都出卖了我。原本我还怀着幼稚的侥幸心理，巴望他们都按照街头的规矩做事，可没想到警察们一上门，他们一个个全都做出了不利于我的陈述。在警察局里听着警察读出那一份又一份陈述的时候，我终于清醒了，兄弟们真的全都抛弃了我，我只能羞愧地低下头去。我感觉他们背叛了我，可是谁对谁错到底该怎样分辨呢？不管怎么说，我的确因为一场毫无意义的口角杀死了一个人。

原来这么多年来我一直在犯蠢。**我去街上贩毒，便等于把自己的生死大权交到别人手里；当我醉醺醺地掏出枪，就等于是把小矛盾升级为大冲突；当我一再下定决心让生活重回正轨却一次次重蹈覆辙，就像是赌鬼扔骰子一般在赌自己的未来。**

现在我被指控公开谋杀，我成了杀人犯，这场赌局以自己的全盘皆输而告终。我已经没有未来可赌，游戏结束了。

18

密歇根州，马斯基根，马斯基根监狱
1999年

在犯人们心目中，马斯基根监狱算是密歇根州所有监狱里口碑最好的，被关押在那儿可以说是一种幸运。它是密歇根州为数不多的几个允许犯人骑自行车、打高尔夫，甚至可以随意闲逛的监狱。有意思的是，它同时还有一个响当当的名声：最危险的监狱。因为日子过于舒坦，氛围过于轻松，犯人们可能会忘记自己还是阶下囚。

我来到马斯基根的时候，正是又闷又热的夏天。按照规定，我住进了一间双人牢房，与一位不日就可以回家的兄弟同住。听他说，再过几周他就可以出去了，我心里有点堵得慌。虽然兄弟出狱是件好事，可是一想到我不能跟他一起走出这扇大门，难免有些郁闷。也是因为这个原因，我一直不敢想象走出监狱那一刻，自己会是什么心情。不然恐怕我早就疯了。

我再次规规矩矩地过起了自己的生活：锻炼、读书，与狱中的教友们交流感想，建立友情。一群年轻的教友们来到我身边，他们说因为我的公平和正直而尊敬我，而且过去从来没人用历史事件帮助他们理解当下发生在自己身上的事情。他们深受启发，也要多多阅读，并且立志在出狱后过上和从前不同的生活。

其实在那时候，对于和组织有关的事务我已经有些厌倦了——与警察谈判啦，与年长的教友争论，说服他们不要死守“强权即是公理”的旧思想啦，这一切都耗费了我太多的时间和精力。但是年轻教友们的话点燃了我的激情，我依旧想要为我们的组织做出一些改进。

随着秋天的到来，我感觉一切都是那么顺利。冷冽的空气就像一个信号，象征着一年即将终结，而新的一年即将展开，同时也意味着我的刑期又过去一年，因此每当感受到这样的空气，我就会变得乐观起来。自由渐渐变得清晰可辨，我努力在一切事物之中挖掘可以当成好兆头的小细节（比如小威廉姆斯就是在 1999 年 9 月 12 日捧得第一座美国公开赛奖杯的）。我可以清晰地感觉到，自己正成长为一个领袖，一个深度思考者，一个懂得自控的人——也就是在阅读了非洲历史后我想要成为的那种人。

可是，就在10月那不祥的一天，我过去8年里所有的收获和长进都面临着一次考验。

那一天开始得平淡无奇，和监狱里普通的一天没有任何区别。我吃了早饭去上课，走进教室时，听到一些家伙正在里面开玩笑，猜测着即将进行的考试谁会不及格。“沙卡那个混蛋机灵鬼肯定能搞定这破考试，我们可就丢脸喽。”其中一个家伙来了这么一句，引起哄堂大笑。

那天下午，回到牢房时，我感觉自己的膀胱都快要憋炸了。眼看点数的时间就要到了，我只能一路跑去卫生间，否则一旦锁门，整整一个半小时都不能出来。我们的牢房里没有马桶，所以只能去公共卫生间。

突然之间，刺耳的警报声在整个监区回荡起来，这是每月一次的紧急点数信号，警报声一旦响起，任何人都得放下手里的事情，第一时间赶回到牢房里。我赶紧加快了脚步。时间不多了，可是我必须赶快上楼，及时到达卫生间解放我的膀胱，然后赶在活动受限之前赶回来。

我爬到楼梯的最高处，看到一些犯人正快步从卫生间里走出走进，随后我看到站在卫生间门口的那名警察，心里不由得一沉。这个警察不喜欢我，因为就在几天前，我才刚与他大吵了一架。当时他以我们区的犯人已经放过风为由，不准我上操场，我则引用了监狱的政策条款，坚持自己的做法，最后他只能让步。但是我知道，自己取得这次胜利是要付出代价的。按照我的设想，他至少会到我的牢房里胡乱翻腾一顿，把我那些粗制滥造的物件扔得到处都是。（不出我所料，他还真那么干了，就在吵架后的第二天。）

我已经不是第一次见识白人警察的优越感了，这玩意儿就像他们别在胸前的警徽一样显而易见。实际上，包括那些声称自己没有任何种族偏见的警察在内，当他们觉得黑色皮肤的犯人冒犯了自己时，随时可能打击报复。我每天都在努力提高自己，学习通过正确的途径解决问题的方法，但是我也知道，这样做叫很多警察看不惯。眼下就有一个被我为难过的警察，正站在卫生间的门口。

我朝那扇门走了过去，他拦住我问："嘿，你去哪儿？"语气里明显透露出不打算让我进去的意思。

我说我要用卫生间，他却盯着我的眼睛说："我认为不可以。"可与此同时，别的犯人正在卫生间里进进出出，畅通无阻。

那一刻我有两个选择：要么因为违抗直接命令，被判一次情节较轻的违规；要么回到自己的牢房去，尿在裤子里或是窗外。后者似乎有辱尊严，所以我径直从那警察身边冲了过去，进了卫生间。卫生间里本就不多的犯人看我进来都匆匆往外赶，他们已经听说我在别的监狱里和警察发生冲突的事，知道马上就要有好戏看了。

"你这是袭警。"就在我解决小便的时候，那警察吼道。他在撒谎。他可以控诉我违反直接命令，这我承认，但是我没有袭击他。假如我真的出手，他早就打开自己的个人保护设备，向其他警察发出警报，通知自己有危险了。

我冲完小便池，走过去洗手的时候，目光和他对上了。

“给我你的ID。”他堵在过道上，不让我走出卫生间。

“我没有带ID，”我尽量平静地说，“放在牢房里了。”

他又将这要求重复了好几次，我每次都照旧回答说没有带在身上。那警察嘲讽地笑了，我这才知道，他只是单纯地享受这样的把戏。不论他问我要多少次ID，我也无法交出自己没有的东西。

有几个聚在门口看热闹的犯人，好心请警察把我从卫生间放出来，可他却命令这些犯人回到自己牢房里去，把门关好。然后，那警察朝我转过身来，继续拿我逗趣。

“你要么交出ID，要么就待在这儿别走。”他一边警告一边靠过来，我的脸甚至能感觉到他呼出的热气，似乎整个世界都在朝我压逼过来。我试图绕过他从旁边溜走，但是他在我胸前一推，再次要求我交出ID。

也许是因为他高高在上的态度，也许是因为过去八年受到不公平对待而日积月累的挫败感，总之突然一下，我心里有什么崩断了。我耳朵里唯一能听到的声音，就是脑海里一遍又一遍回响的“黑鬼”，这个词仿佛在告诉我，我只是一团垃圾，我的私人空间可以被人随意践踏。我感觉忍无可忍。我想起在书上读过的所有有关黑人的故事，想起那些半夜被从床上抓起来，遭受拳打脚踢连声惨叫的人们，粗粗的绳索在他们的脖子上越缠越紧，让那哭声戛然而止；我想起所有在奴隶生活区被强暴的黑人女性，她们的丈夫只能无助地站在一旁，为了不让自己的家人遭到残忍的殴打和谋杀，只能对眼前的一切忍气吞声。

我突然朝前一跳，挥舞着拳头，冲那警察的脸和脖子一顿猛打，他倒在了地上，我又把他拽起来，在他后背上用力一推，拳打脚踢。每一记猛拳砸下去，便带走了一份沉重感。我不是任何人的奴隶，哪怕是死去或在监狱里度过余生，也比被某个人——警察也好，任何人都好——践踏尊严要好得多。

直到另一个警察将我的双手反扣在后背上，我才彻底清醒过来。几名看守把被我打得昏迷不醒的警察拉进了卫生间，另外两名警察则给我戴上手铐，押送着我回到了地洞。

被他们带走的时候，我朝站在那儿围观的犯人们脸上扫了一眼。他们眼里满满的都是蔑视和愤怒，最让我震惊的是，这些蔑视和愤怒不是冲着欺负我的警察而来，而是冲着我来的。其中有几名“黑色派”的教友，我看着他们的眼睛，这些都是我曾经发誓要维护、可以为他们献出生命的人，但是现在他们只是垂下头，默默地走开了。我感受到了来自教友们的唾弃，对我而言，那是比遭到不公平对待更严重的事情。

警察们把我押到地洞，告诉我要被关长期单独监禁。这对我早已见怪不怪了——我曾经因为比这轻得多的错误被关单独监禁。可是，这一次与从前不同，从前我只在地洞待一小段时间就会被放出来，而这一次我却在地洞被关了四年半。

第三部分

19

密歇根州，马尼斯蒂，橡树监狱
1999年12月

对于被禁闭其中四年半的这间牢房，要说有什么特别清晰的记忆的话，就是那里的气味。整层楼都弥漫着一股刺鼻的臭气：胡椒喷雾、大便、烂脚丫、没洗的胳肢窝和屁股，所有这些恶臭搅和在一起的气味。这气味与人类的绝望遥相呼应，成为我记忆中永远也无法磨灭的烙印。

那天起床时，我还在马斯基根的地洞里。我坐在床上，想着弃我而去的那些犯人，想起历史上那一个个坚持正义却落得被自己人背叛的前辈们。当年特纳被两个奴隶向奴隶主揭发的时候，是否和我有相同的感觉？马尔科姆 · X 被自己竭力挽救的人开枪打中，血流如注，奄奄一息地躺在那儿的时候，是否也和我有相同的感觉？

大概两小时之后，几个警察来找我，他们要我走到门口，好让他们给我戴上手铐和脚镣。我又要被转狱了。守卫们推搡着我上了一辆等待中的囚车，往北行驶一个半小时之后，便来到橡树监狱。这是我第二次来到这里，不过被关在这里的地洞里还是第一次。

我来到监控中心，几名警察拿着手铐和脚镣站成一个小圈。带我进来的警察要取走他们的手铐脚镣，所以他们必须走一套复杂的流程，以保证整个过程中我的双手和双脚无法获得自由，但同时又能够换下铐具。

换完铐具后，我先是被关进一间淋浴间脱光衣服搜身，而后被带去一间临时隔离牢房。警察们打开淋浴间门的时候，威胁我说，假如敢搞突然袭击就把我打得满地找牙。我很听话，当他们搜身时乖乖站着一动也不动，但是心里却在窃笑。我知道，看守们的虚张声势只不过为了掩盖一个事实，而且是让他们感觉很不爽的事实：他们害怕我。在之前与警察的冲突中，我感觉到他们多少有些怕我，但是这一次不同，他们的恐惧已经快要遮掩不住了，我感觉得到。

接下来的几天，我仿佛成了动物园里被展览的动物。狱警们接二连三地来到我的牢门前，参观我这个闻名遐迩的“恶魔”。我的事迹早就在整个监狱系统中传遍了，说是我差点把马斯基根的一个警察打死，还说我在之前被关押的每个监狱里，多次命令犯人殴打别的犯人和警察。

警察们排着队经过我的牢房，面无表情地瞅着我，那时候的我和他们都不会想到，在接下来的四年半里，我们对彼此的印象竟然会有所改变。实际上，从那一天开始，我的内心就发生了强烈的转变，我开始学着面对自己内心的魔鬼，一点点找回在多年的暴力、愤怒和痛苦中丢失的人性。

只是，要做到那一点，我首先必须在密歇根州的这座人间炼狱里煎熬好几年。

整层楼无论是气味还是声音都叫人无法忍受。这里一共有四排牢房，每排二十间左右，牢房里很简陋，仅有一个当床的水泥块和不锈钢的马桶和洗脸池。

没过多久，我就领教了一套全新的近乎癫狂的语言和文化。每一天都有人不停地敲打物品箱，我被那持续不断的“砰砰”声吵醒，几乎是震耳欲聋，但却无法分辨是从哪个方向传来的。只有当警察跑进来的时候，声音才会停止，这时候狱警会发放早餐，问我们是否需要去操场上放风。放风的时候只能待在一间像狗屋一样的笼子里，每星期每人的放风时间一共是五小时。

放风之后，监区里会平静下来。我踱着步子，听着其他犯人下棋。他们用记事本的封皮做棋盘，将纸撕成小张，用来做棋子，每走一步就从自己牢门下方喊出走法。他们厮杀得很激烈，还有些犯人在一旁赌棋，赌注是我们在地洞唯一的“货币”：盥洗用品和贴着邮票的信封。这样的时刻监区里往往比较安静，听着犯人们一声声喊出走法，倒是挺有意思的事——不过这样的安静一般比较短暂。

你也许以为，每天把囚犯在牢房里单独关上二十三小时，一定能够大大减少冲突的发生，但实际上，哪怕是在地洞里，闹事的现象也很频繁，而导火索一般是赌债、对宗教认识的分歧，或是有些犯人非要对与自己无关的话题插句嘴什么的。为了获得一种“一切尽在自己掌控之中”的假象，犯人们会小题大做，将鸡毛蒜皮的小事当成彼此间以及对警察发起挑衅的机会。

武器方面，最实用的就是我们所谓的“毁灭性大便武器”。他们把装满粪便的瓶子偷偷运到淋浴间或是操场的笼子里，然后像滋水枪那样泼到毫无防备的犯人身上去。假如这种办法行不通，他们就把粪便弄成饼状，从被整犯人牢房门下的缝隙里扔进去。（但是，我没有干过这样的事情。我不爱倒腾自己的粪便，而且绝对不允许自己成为其他犯人攻击的目标。）

地洞里的另一个武器就是剥夺睡眠。犯人们之间如果发生冲突，他们会拿着监狱发放的刷子或硬塑料淋浴鞋，整夜敲打马桶或墙壁。当然了，整个监区的犯人都会受到影响，不过这地方可没人对无辜的旁观者怀有歉意，所以结果常常导致事情越闹越大，牵涉的犯人越来越多。当灯光熄灭那一瞬间，整个楼层会瞬间爆发出许多用力敲马桶的声音，还有人通过牢门下方的缝隙，朝过道里怒吼和尖叫。有时候，那种敲打声会持续好几个星期，直到其中一个肇事者被转到另一个监区。还有一种报仇的方法，就是给隔壁的牢房断电。这里的电源插座是每四个犯人共用一个，所以只要将订书钉塞到自己牢房的电源插座里，与你共用开关的另外 3 个家伙就会同时断电，连带着他们的电视机也没法播放那仅有的 3 个电视频道了。

老实说，天天看着这里的疯子们发疯，我感到深深的恐惧。从爱打门的那个家伙，到过道对面那个用杂志上取下来的订书钉划开自己阴囊的犯人，我看得越多，就越搞不清到底谁才是真的疯子。监狱里的精神病学家宣称，这些犯人只是“行为出格”，但是我也被长期关押在地洞里，所以很清楚与世隔绝会引起人类精神最深处的割裂。**孤独、脆弱、无法真正做出决定的感觉简直叫人窒息。关在一间逼仄的牢房里，一待就是二十三小时，无法与他人正常接触，无法面对面地交流，这样的生活环境甚至会把表现最好的犯人也给逼疯。**更何况犯人们还有其他的压力要面对，比如对自己过往行为的悔恨、遭到家人忽视和遗弃等各种各样的负面情绪。

有天晚上，一个拉美裔犯人打算结束自己的生命。他已经连着压抑了好几周。警察们一直取笑他的性取向，每天我都听到警察叫他的外号，不是“舔鸟男”，就是“搞基的娘娘腔”之类的。

那天晚上，他大声念起了主祷文，声音叫人毛骨悚然。

我们都被吓着了，但这只不过是重头戏开始前的暖场而已。第二天，他把自己的牢房点燃了，并且整个监区都回荡着他的尖叫声。警察们冲了进来，打开他的牢门，用灭火器把他喷倒在地，然后送他去接受二十四小时自杀监视。没过两个星期，他死心不改，再次试图点火，这一回他被从那间牢房转了出去，永远也没有再回来。

在地洞里的每一天都是对人性的挑战。有时候，听着对面的犯人无意识地敲打着自己的牢门，一敲就是好几个小时，我感觉是那样茫然，入狱以来一直折磨着我的那些念头和悔恨的情绪不停地萦绕在脑海中，无法摆脱。最糟糕的地方还在于，我根本不知道什么时候才能从这个疯人院里逃出去。

在地洞关了两年后，我已经看腻了这些人自甘堕落、安于癫狂的戏码。我知道，如果不改变自己，我最终只会落得跟他们一样的下场。就是在这时候，我看着镜子里的自己，好好发泄了一番。我原谅了每一个让我怀恨在心的人。我受够了满怀仇恨和愤怒的生活，厌倦了伤害别人的同时也深深伤害自己。有生以来我第一次明白了愤怒的实质：**愤怒是一种强大的毁灭性的力量，假如我不能改变它，最终只会被它伤害得体无完肤。**

可是，当我坐回到床上，听着四周传来的喧闹声，仍然想不出可以求助的对象。警察可没有兴趣帮我洗心革面。实际上，对大部分警察而言，我的存在就是他们工作的保障——政府早就放弃将我改造成功的希望了。而其他犯人——坦白说，他们能做的只有散播仇恨和扩散暴力而已，对于情绪管理和心理上的成熟毫无帮助。要成为自己一直渴望成为的那种男人和父亲，我只能单枪匹马地奋斗。在对自身进行了长时间地痛苦审视后，我终于开始了为自己建造避难所的艰难过程。

我开始像上学一样安排自己的时间，并且每天早上都把牢房布置得像教室一样。我从图书馆订阅了比从前更多的书，并且为自己安排好了课程，包括政治科学、非洲历史、宗教和心理学等。为了能够温故而知新，我在每个周末给自己安排小测验，确保学到的知识能够烂熟于心。有时候我不学习，也不写东西，只是为了阅读的快感一直读书到深夜。

不过，真正的改变还是从我开始坚持写日记时开始的。当我对其他犯人产生了愤怒情绪时，就会马上抓起一本横格笔记本，将我想要对他做的事情记下来，并且说明为什么。

记忆中，这是我第一次开始认识真正的自己。那一天快要结束的时候，我逐渐明白了，原来我和那些用摧毁性大便的犯人，以及那些每个晚上都呆呆地敲打物品柜的犯人没什么不同。**我的内心也燃烧着同样的愤怒——这愤怒害一个警察差点丢了性命，害得我余生几乎要在牢里耗尽。多年前，当我在街头夺去一个人的性命时，便是受到这愤怒的驱动。我以为自己一直在为个人的尊严和名誉而战，却没有意识到我的愤怒已经让自己变得多么没有尊严，多么不体面。**

一个月又一个月过去了，我也用日记记录着犯人和狱警之间的斗争。每当狱警做了什么让犯人觉得有失公允的事，我们就会让马桶里的水漫出来，让整个楼层都水漫金山，直到最后他们不得不把总水闸关闭。警察们知道，如果他们不及时给我们发放信件，或是给我们送来冷的食物，他们就不得不蹚着脚踝深的水，费劲地指使工人们把水清理干净。在我们看来，在遭到不公对待时如果不进行反击，警察们就会继续对我们为所欲为。

有一次又是这样。我站在牢门口，看着两英寸深的水逐渐从我的牢房里流出，然后缓缓地退下去，不自觉地想起来，在第三世界国家还有很多人因为没有干净的水源而死去，而我们却在这里把水当成武器大肆地浪费。

在许多个日日夜夜里，我都感觉自己的心力即将被地洞里的生活逐渐耗尽。我发誓自己再也无法忍受这一切，无法忍受另一个人身体排泄物的臭味，无法忍受监狱安全评估委员会发出的拒绝结束我的行政隔离的决定。但是有了笔和纸之后，我逐渐能够保持清醒的心态了。我可以坐下来写出自己的想法，可以沉浸在一本又一本富于启迪的书籍当中。

我读了很多有关灵性、信仰和冥想的书，自己的内心也变得更加强大和坚定。我开始懂得了强调个人担当和责任的东方哲学，也重新开始阅读《圣经》和其他一些宗教资料，因为我意识到，人和人之间依靠灵性是可以彼此相通的。

在不断写作的过程中，我渐渐意识到自己有很严重的情感问题，而且从来没有加以处理，其中最大的问题就是，**与妈妈的关系带给我的伤害。**当我还是个孩子的时候，她因为细微的琐事体罚我，她命令我脱光衣服等着被揍，因为其他兄弟姐妹犯的错而辱骂我，那时的我是多么无助，而现在我把这些感觉通通写了出来。从前，回想这些往事总是让我羞愧难当，与我试图自杀的那个夜里所感受到的羞愧一模一样。但是，当我第一次勇敢正视所有的前因后果时，才发现原来自己一直背负着本不应该有的内疚。**我那时只是个孩子，不论是调皮蛋还是乖乖仔，没有任何一个孩子应该听到自己的妈妈骂出“我受够了你这个卷毛混蛋”或是“真希望你没出生就好了”这样的话。**

我写下了父母离婚的过程以及给我带来的伤害，与此同时，我发现孩童时期的我最渴望的是**平衡感和安全感。**我看到自己仿佛玩拔河游戏一般，努力满足世界观截然不同的父母双方各自的期盼。我开始想象着，如果有朝一日能够出狱，并且有机会履行当父亲的职责，我将如何用不同的方式对待我的孩子。孩子应该在父母的爱、理解和陪伴下成长，我永远也不会让自己的孩子感觉他们对我而言是个累赘。

我写下自己遭受暴力侵害的过程，以及这样的经历如何使我改变了看待别人的角度。在我看来，从来没有人设身处地地为我考虑，所以我也没有义务去关心任何人。我发现自己的心上结了一层又一层的伤疤，因为感觉不到爱，因为被遗弃，因为感受不到关怀，因为没人为我出头……我可能也患上了创伤后精神紧张性障碍，就像许多在压力环境下成长的男孩一样。因为没人可以倾诉，所以我一直压抑着这些感受，加上我不懂得该如何处理这些感受，所以只能任由那些感受渐渐溃烂。它们就像腐肉一样，为源源不断的暴力和愤怒提供了营养，这么多年来一直掌控着我的生活。

每当我在日记本上写满一页，就像是挣脱了一部分沉重的负担。从前那种无时无刻不在的痛苦消失了，我已经学会用一种新的方法来纾解它；从前我会把愤怒团成一个紧绷的小球，藏在内心的深处，好让它受到挑衅时也不会爆发，以后再也用不着这样做了。

而且我还开始写作。我写的第一本书，是一篇名为《观影人》的小说，讲的是一群年轻男女在与著名公民权名人（比如罗莎·帕克斯和马尔科姆·X）进行了灵魂交谈后，发誓要将自己的社群建设得更美好的故事。我还写了一篇小说《恶意犯规》，讲述一个年轻女子上了男朋友的车后，发现车上满载着毒品，而她则不幸被判入狱的故事。

随着日子一天天过去，我觉得自己的内心渐渐变得强大起来。多年来被侮辱和忽略的痛苦得到了缓解，对狱友们的态度也变得柔软起来。我不再羞辱那个习惯吸烟却又买不起烟的邻居，每当他的烟抽完，我都会偷偷留一支给他。我甚至开始接受把这里搞得像人间地狱一样的犯人们，给他们提出建议，帮助他们度过情绪不佳的时刻。我们会躺在地上，通过牢门下方或是电源插座聊天，讨论各自对于生活和我们正在经历的痛苦的看法。

在地洞里的每一天都是对生存意愿的一次考验，虽然周围依然充斥着癫狂的行为，但是只要将所见所闻写下来，就能够将它们对我的影响降到最低。

另一件能让我保持清醒的事，便是给家人写信。我在普通监区关押时曾经给他们写过信，但单独禁闭又是另外一种完全不同的体验。我发觉自己有生以来第一次有所改变，并且真正地有所成长，我感到很兴奋，想与爸爸、姐妹和最爱的朋友们分享自己的收获。有时候我收不到回信，但这丝毫不会影响我继续写信。我需要把自己的想法和感受说出来。当我坐在桌前写信的时候，我感觉自己与收信人是心意相通的，哪怕只是“通”上那么一小时。

我总是不由自主地想起儿子的第一封来信。那是在我入狱后的第四年，当时他四岁，信是我的爸爸帮他寄的。小杰伊用的信纸和笔与我儿时的一模一样，都是绿色的信纸和黑色粗铅笔。我不记得那封信的细节，但是永远记得信纸下面写着的几个字：我爱你，爸爸。

这几个字像千斤巨石般压在我的心头。我觉得自己像个骗子。我根本什么都没有为他做，凭什么得到他的爱。我从未在半夜给他喂牛奶，从未为他换过沾满便便的尿片，从未哄他睡觉，也从未坐在小床边给他读故事。我配不上他的爱。

这些年来，我一直和儿子保持着通信，我们渐渐变得亲密起来。很多时候，我都惊讶于小杰伊竟然从一个蹒跚学步的好奇宝宝，长成了一个会照顾自己和尊重别人的学龄儿童。但是，我真正感受到他的成长，却是在我被关单独监禁的第三年：那一天，我收到小杰伊给我写来的信，也是我这辈子收到的最重要的一封信。

当第二个班组的警察把一叠信从我的门下方塞进来时，我并不知道自己的生活会就此改变。通过阅读和写日记，我已经在逐步改变自己的生活，但仍然会觉得有所缺失。我知道不能凭怒气和恐惧行事，可仍旧能感觉到那股冲动。毕竟，我人还在监狱里，如果想生存下去，就必须按照监狱生活通用的“丛林法则”来行事。

我朝那叠信扑过去，在里面匆匆忙忙翻找起来，想看看是谁肯花这宝贵的时间跟我联系。一封信是另一个狱友写来的，一封来自我的爸爸，最后那封是小杰伊的信。

那时候我的儿子十岁，只要看一眼他在信封上歪歪扭扭写下的地址，都觉得莫名地开心。我草草读完另外两封信，然后坐下来，打算细细品读儿子的来信。就在我撕开信封，开始阅读的那一瞬间，才发现这封信和他以往的来信全都不一样。

在信纸的右上角，小杰伊用硕大的大写字母写道：

妈妈告诉了我你在监狱里的原因，因为谋杀！

请不要杀人，爸爸，那是一种罪过。

耶稣看着你在做什么。向他祈祷。

我盯着这一小段话，感觉仿佛过了好几个小时。我全身上下都抖得厉害，胸膛里似乎有什么碎成了两半。入狱以来，这是我第一次被这样一个事实惊醒：**我的儿子会长大，有一天他会把我看作一个杀人犯。**

我不知道为什么自己从前没有想过这一点。我并没有打算向儿子隐瞒我的过去，而是想着要坐下来好好对他解释一番，但前提是他成长到足够成熟，能够理解那番谈话的内容。但是读着小杰伊的这番话，我却感觉被现实狠狠地打了一耳光。我完全不知道该说什么好，只觉得痛苦如同癌细胞一样在全身弥漫开来。

我不知道小杰伊和妈妈是在什么样的情况下谈到这件事的。也许布伦达是想解释为什么我总是不在家，所以与他促膝细谈了一番？也许她是为了吓唬孩子，让他乖乖的，才告诉他我是个杀人犯？或者是为了教导他消化愤怒或挫折感？

对这些我一无所知，所以不确定该如何反应。我能够确定的唯一一件事，就是自己必须洗心革面，这是我能够向孩子证明我不是恶棍的唯一方法。

在信中，他继续说道：

亲爱的爸爸，我不知道你在那儿好不好。我很好。每当我想起你，想起没有爸爸在身边叫我起床，叫我去锻炼身体，锻炼得像你那么棒，就有些伤心。

我必须自己做到这一切。思念你叫我有些难受。我祈祷了又祈祷，希望有一天我的祈祷能实现，我们能永远都在一起。家里没有爸爸，我生气又难受，但妈妈说我就是这个家的男人。她告诉我必须让愤怒走开，这样我才不会进监狱。

小杰伊的童言无忌打动了我。他的坦白叫我忍俊不禁，因为他还没沾染大人那种为错误的决定寻找借口，并将借口合理化的习惯，还没有被强行灌输“有些事情不能说，因为会显得没礼貌或是叫人尴尬”的观念，所以怎么想就怎么说出来了。

小杰伊写的每一个字，似乎都将我心上的硬疤多撕开了一层。我混街头的时候有多强悍，在监狱里有多老到，但这一切的表象全都被信中的字句无情地撕破了。在我儿子的眼里，我犯下的累累罪行不是什么荣耀的勋章，而是一个耻辱的红字。我不仅让他失望，更对不起我们社群里的许多年轻男孩，他们当中有很多试图模仿我，可是最后的下场不是在监狱里死去，就是在狱中度过余生。

读完他的信，我不禁为那些与小杰伊一样，有个坐牢的爸爸的孩子们担心起来。爸爸在监狱越来越憔悴，孩子们则在失落和愤怒中成长。**我在多年前已经开始为自己的行为感到内疚，但是做到为自己的行为负责又是另外一回事。**儿子的话让我朝着救赎的路上，迈出了关键的最后一步。

我放下他的信，抓起了笔。我欠儿子一个真相，但是更重要的是，我欠他一个爸爸。我一边流泪一边给小杰伊回信。我把事情的来龙去脉告诉了他，解释自己是怎样、又是为什么被关进监狱的。我向他描述一个十几岁少年心中的迷茫，描述那种因为愤怒和醉酒而终日浑浑噩噩的状态。我告诉他在十七岁时被子弹打中是什么感受，以及那种感受是如何扭曲了我的思想。我向他发誓，爸爸再也不会杀人了。

写完这封信后，我整个人仿佛被掏空了一般——但是感觉却是前所未有地好。我的内心已经发生了一场变革。我不再为杀人的行为找借口。我犯了谋杀罪，夺去了别人的生命，摧毁了两个家庭（受害者的和我自己的），这是不折不扣的愚蠢的暴力行径。但是我想，也许从今天开始，我可以试着收拾起残局，让一切重新开始。

这么多年来，我就像一个受着愤怒支配的傀儡。我担心自己不能陪伴在儿子身边，担心他也走上和我当年一样的歧途，我想挽救他。但我从没想过，他才是那个挽救我的人。

20

密歇根州，马尼斯蒂，橡树监狱
2004年4月

工人把午餐的餐盘收走后，监区里和往常一样响成一片。几个犯人在敲打物品箱，在楼层的各个角落里大喊大叫。一般情况下，我会堵住耳朵不去听这些噪声，但是今天却不行。今天实在不行，因为我的脑子太乱了。

我已经在单独禁闭区关押了四年半，眼下正在等待回复，希望上面能批准我的请求，把我从地洞里放出去。自从来到橡树监狱，这已经是我第四次提出申请了。

前两次的时候，就连我自己也知道毫无胜算。袭警是件很严重的事情，如果你发现自己不小心走上了这条路，最好做好被关至少两年单独禁闭的打算。直到第三次提出申请的时候，我才感觉到自己真正有了一线机会，但结果还是被拒了。当时的我已经有了不小的改变，但没有人在意这一点。

今天，我一边等待着，脑海里一边回荡着“三振出局”的声音。我听说有人甚至被关过二十多年的禁闭。

最终，法律顾问来到我的门口，给我带来了期盼已久的好消息。“怀特先生，你已经被批准回到普通监区。希望你利用这次机会好好改造。”

我当然一直盼着离开地洞，可是这一天真正到来的时候，我却感到难以置信。

一个星期后，他们把我从地洞里放了出去。我学着乔治·杰斐逊[①]的步伐，沿着走廊走到门口，四年半来第一次，我没有戴着手铐和脚镣走出了那栋建筑。

回到普通监区后，我先是弄了台文字处理器，把我在地洞里写的那些故事都打了出来。离开地洞的时候，我已经开始写第三本小说了。那是一个侦探故事，标题叫作《裂缝》。三本书中我最喜欢这一本，因为在其中，我描写了大量街头生活的残酷和无奈之处。

我每天都在那台已经被用过五年的二手文字处理器上敲敲打打。每打出十三页，存储器就会存满，我必须把所有的

---

① 乔治·杰斐逊（George Jefferson）是美国电视连续剧《全家福》（All in the Family）中的一个角色。

页面打印出来，清空存储器，然后再开始打字。我独自住着一间牢房，所以经常一坐就是八小时，想打多久就打多久。为了完成这些手稿的录入，我有好些天都是从早餐一直忙到熄灯。

几个月之后，他们将监狱的安全等级降到了“严密看管”（一个介于中等和最大安全等级之间的级别），并把我转到了有两个铺位的牢房。我的室友是来自兰辛市的BX，关于他的事我早有耳闻。BX和我皈依了同一个伊斯兰教组织，所以我们有很多相同的人生观。我们都在监狱的法律图书馆工作，BX之所以做这份工作，是因为他被判处了五十二到七十五年监禁，所以他打算把大部分余生用来研究法律。那时候，我离自己最早释放期还有四年，认识BX之前，我一直觉得这段时间将会非常漫长。我们在一起锻炼，一起谈论各自的孩子。他不断地提醒我，鼓励我从监狱里出去后要做好的榜样，为我们这个社群的改变做出贡献。他的话一直鼓励着我，让我时刻谨记要走在正确的道路上。

几个月之后，我被转到卡森城监狱。和BX的分别让我很难过，但是到了新监狱后没多久，我突然发现BX也在那儿办理接收手续，而且即将住进我所在的监区。我俩因为这个巧合开怀大笑，并且一致猜测，我们既然被安排到同一个监狱，冥冥中一定是有原因的。所以，我们马上开始着手将教友们组织起来，开办研读小组。

后来的事实证明，这项工作真的很有必要。卡森城是本州种族歧视最严重的监狱，警察和犯人之间的关系非常紧张。很多警察会欺负年轻的犯人，叫他们侮辱性的外号，并且给他们捏造违规的罪名，迫使犯人们无法享受应有的权利。而年轻的教友们面对这样的情形经常束手无策，但是我和BX告诉他们，每个问题都可以通过申诉系统得到解决。年轻教友们被我们所吸引，我们则每天为他们提供培训，包括带领他们锻炼身体，在心理上提供辅导。在我们看来，这是应尽的责任。十几岁的我们刚刚进入这套系统时，也有老大哥帮助我们，现在我们帮助这些年轻人是应该的。

那一年我们成功组织了一次宽扎节②，后来管理娱乐部门的特别活动主管还邀请我们为黑人历史月③组织活动。我们召集了一小组教友，在周末举办了一系列活动，以纪念我们黑人的历史。除此之外，我们还打算举办指导年轻教友们读书学习的活动，引导他们以敢于承担责任、彼此互助互敬的态度面对生活。

为了活动能够顺利进行，我向巴鲁蒂的儿子优素福请求帮助。他当时已经出狱好几年了。回归社会后的他真正践行了自己的承诺，成为了一个对我们的群体有益的人——在我认识的人里面，他是第一个真正做到这一点的。收到我的消

---

② 即果实初收节，它是非裔美国人的节日，庆祝活动共七天，从12月26日至1月1日。

③ 美国将每年的二月份定为“黑人历史”月，以表示对美籍非裔历史的尊重，赞颂黑人为美国文化和政治生活做出的贡献。

息后，优素福很是兴奋，他答应我说，会和一个叫作夸西的教友赶来支持我们，做开幕式讲话。

举行活动的时间终于到了，我已经等不及要见到优素福。距离我们被关押在同一个监狱，已经过去了将近十年。我告诉我的伙伴优素福会来，他也跟我一样激动。我们一起在监狱里成长，读同样的书，有相同的理念，如今终于有机会再次相聚了。

可是，当我到达举办活动的地点时，却听到一个叫人失望透顶的消息。活动主管告诉我，上头拒绝让优素福回到这儿来，因为他曾经被关押在卡森城监狱。我气得快要疯了，因为我知道，年轻的兄弟们有多么需要听到优素福的经历，这样他们才能够相信，出狱后的确可以在生活中做一些积极向上的事情。

活动主管又告诉我，尽管优素福不能来，但是“帮进会”的两名成员被批准参加我们的活动。帮进会只是一个小型组织，但我非常崇拜和尊敬他们。他们会给监狱里的犯人免费赠书，并且组织犯人的家庭成员探访全州的各个监狱，印刷实时通讯册，让我们及时了解社群里发生的事情。社会上像这样关心犯人们兴趣所在的组织不多，所以我很感激帮进会所做的工作，并且打算出狱后给他们当志愿者。

我知道夸西是来参加活动的两位帮进会成员之一，但是几分钟之后，当特别活动主管将他们带进来时，我才知道夸西还带来了一个漂亮的妹妹，她叫埃博妮。尽管我和她曾经因为有关帮进会的公事通过信，这却是第一次一睹她的芳容。她长着一双漂亮的杏眼，皮肤红润，一头长发光泽而飘逸。她的衣着很普通，但遮掩不住模特般的身材。埃博妮整个人都散发着一股积极正面的气质，让我的心情也跟着晴朗起来。

我把夸西和埃博妮迎进屋，大约有二十五个兄弟聚集在这里。活动的主要内容是向大家讲述我们出狱后可以做些什么，才能为我们的社群做出一些改变，最后还有一个问答环节。在整个活动过程中，埃博妮一直像磁石一般牢牢地吸引着我。

她热忱地谈起对于黑人和他们在社群中所扮演的角色的看法。“我们的群体需要你们，需要你们变得更为强大，成为师长和领袖，辅导那些正在长大、视你们为偶像的孩子们，让他们走上正途，”她对着台下二十多个年轻人说道，“所以，请你们在这里也不要忘记努力改变自己的人生。”

她极其强烈地表达自己的主张，那副活力四射的模样让我想起了阿塔莎·夏库尔，对我而言，她是黑人女性当中力量和适应能力的典范。这么多年来，我一直羞于启齿自己对美丽女性的渴慕之情，因为一想到自己的现状，这冰冷的事实就让我自己首先打起了退堂鼓。但是听着埃博妮的讲话，这些渴望有些蠢蠢欲动了。

几天后，我被转到了二级监狱，也就是中等安全级别的监狱。二级监狱和四级监狱有着很大的不同。这个监狱在一天的大部分时间里都是开放的，每个犯人都有自己牢房的钥匙。这种安排使得我们可以来去自如，只是在点名时会被喊回去。我感觉自己离自由又更近了一步，但同时还是会觉得紧张。这座监狱里有一排新建的牢房，里面关的都是刚刚被捕的愣头青，他们对监狱里的门道还一无所知。在马斯基根监狱短暂关押的那段时间里，我的心态已经有所变化，只是我不知道这些变化是否牢固。

转到二级监狱两星期后，我又被转去了河边监狱。1991年刚入狱时，我首先在这里被关押了一段时间。自打我离开以后，这儿已经发生了很大的变化。当年的河边监狱一直被认为是管理比较宽松、开放的监狱之一，可是现在却变得非常严苛，环境也颓败了不少。

回到这儿以后，我意识到自己应该改掉一些做事的方式。我得学会规避潜在的冲突，少玩弄那些从前为了生存而耍的小花招。如果我真要为出狱做准备，就应该对操场上发生的事情不闻不问。当教友们发生冲突或是与守卫干架时，尽管我知道他们各有各的理由，却也渐渐学着不再为这些烦人的事操心。

还好，很快我就安排好了自己的日常作息，与之前在别的监狱一样，阅读，锻炼，抓住一切机会写下故事的灵感。我加入了宽扎节兄弟团，也成为了全国无期徒刑犯联盟的成员。尽管我不是终身监禁，却也想利用自己的组织能力，帮一把被判终身监禁的兄弟们。

我还被批准参加一个商用计算机技术课程的学习。好处是不言而喻的——我知道，为了出狱后有能力追求自己的理想，我需要多学电脑知识。我很喜欢这套课程。除了在密歇根监狱学过一点数据业务的处理课程，我还没有接触过别的新科技。你们知道，监狱是舍不得在这些方面花钱的，所以绝大多数犯人早就已经被整个世界远远地抛在了后面。

每天晚上，我都与兄弟们一起锻炼。有一天，我在锻炼时遇到一个叫作安东尼·穆尔的家伙，他在都市文学方面很有见地，而且还在外头开了家出版社。安东尼给了我很多建议。他告诉我只要存够了钱，就可以聘请一位编辑和一位平面设计师，将我已经写好的那些书出版。我和他每天一起去食堂，谈论着将来，谈论着出狱后我们怎样一起在出版行业工作。每当聊起这些，我总是欢欣鼓舞，整个人都会振奋起来。

当我的爸爸带着两个妹妹来看我的时候，我已经在河边监狱待了一个月。入狱这么多年后，我又一次和她们见面了。看到她们现在的样子感觉很奇妙，上次见面时她们还是小女孩，现在却已经是大姑娘了。我们就那样坐在接待室里，嘻嘻哈哈地谈论着将来。那是2006年，距离我的最早释放期还有两年。爸爸显得特别兴奋。我们一同经历了这么多坎坷，最糟糕的阶段好像终于过去了。

家人的探访对我而言意义重大。他们的出现给了我希望，让我更加渴望高墙外的生活，也希望做出成绩来，好让他们以我为荣，以此回报家人们多年来的牺牲。爸爸一直是我坚定的支持者，我特别想向他证明，他的努力没有白费。回家的日子终于可以开始进入倒计时了，不过我也知道，距离那一刻真正到来还有一段日子。

几天之后，狱警给我拿来了一封信，是埃博妮写来的。我曾经收到过她的来信，商讨和帮进会有关的事宜，所以看到信封上有她的名字，我并不怎么激动。我把信放在桌子上，打算先去食堂，等吃了饭回来后再看。

午饭时，我和安东尼聊着出版行业的最新趋势，谈论着开一家自己的公司有多么重要。从食堂回到监区后，我直接回到牢房，坐下来开始读埃博妮的信。

读着读着，我的脸上浮现出了笑容。埃博妮并不是写信来讨论公事的，相反，这是一封私人来信：

沙卡兄弟：

展信好！打算给你写信已经有段时间了，无奈我忘性太大（虽然我还很年轻）。直到收到兄弟的来信，我才真正行动起来。他在信里谈到兄弟们与女性通信的需要性，并且请我把他的意思，转达给和我一起工作的姐妹们（我在一家学校工作）。读了他的信之后，我想到了你，也许因为当时我正好遇到了你，不知道你是否也有同感。

地址是优素福给我的，你应该不会反对吧。老实说，我还没有给别人写过和帮进会公事无关的信。虽然我每天收到的信多到数不清，其中大部分都没有时间回复，但无论如何，我都会尽量及时给你回信。

我知道，对于兄弟们的成长来说，与家人、朋友和支持者之间的通信有多么重要，甚至可能最终影响他们回家后所选择的道路。即便如此，我还是一直没能给他们写信。也许是因为，作为一个积极的成员，我已经承担了一部分责任（现在我是帮进会的秘书）。但是我必须承认，知道你是优素福的伙伴之一，对我的行动起到了一定的作用。这一层关系尽管不是必需的，但对于像我这种忙碌又健忘，以至于无法坚持写信的人来说，还是有一定的促进作用。我还计划给优素福的父亲写封信。

好吧，这是我在上班时间给你写的信，所以暂时就先到这儿吧。希望能与你建立伙伴关系。

斗争中的

埃博妮

这封信很短，态度有些模棱两可，却让我重燃了第一次见到埃博妮时的炽烈情感。我知道我必须抓住这个机会，必须让她知道，我正处于人生中的转折点，我需要一位特殊的女性，帮助我彻底打破监狱生活在心中竖起的高墙。以我对埃博妮的了解，她肯定拥有我正在寻找的品质和不屈不挠的决心。

那天晚上，我坐在文字处理机前写了一封信。我假想着埃博妮就在我面前，我们在面对面地聊天。我说我想要了解她，包括她的所有。我不想让她误会我只是需要一个笔友，所以我写道，我有兴趣与她建立友情，但同时也怀着有一天能够比朋友走得更近的希望。这么做有些铤而走险，但是她值得我冒这个险。

几天后，埃博妮的回信翩然而至，我兴奋得像只哈巴狗。她的信中充满了发人深省的质询，以及对我的想法和问题的率直回应，让我感觉很是特别。我觉得我们分享的似乎不仅仅是有关生活的思想和哲学，而是对彼此敞开了灵魂。话题的深度比话题本身更让我动容，而且我们讨论起来非常自在，有什么就说什么。我们讨论食品安全，也讨论革命理论和社群行动力。我们谈论我们的梦想、对事物的看法和对未来的希望，也袒露内心的恐惧、挫折感和不安全感。

这些年来，埃博妮总是取笑我，说我在起初的几封信中“勾搭”她，但是我知道这种感觉是互相的。她也用她自己特有的方式，说出了一些能够打动我内心的话，还向我提出了一些从来没人过问的问题。她对我讲述自己生活里的开心和伤心，用温柔的诗意安抚我的伤口，帮我疗伤。我看到她异于常人的细致和周到，认定了这辈子只想和她一起生活。

在信件的几经往来之后，我坦白了心迹，告诉埃博妮我想见她——这一次，是私人之间的会面。她答应会开车来看我，所以我去找我的顾问，把埃博妮的名字加到了我的探视名单里。没过多久，我就被转到了雷克兰德监狱。又过了两周，埃博妮真的来看我了。自从开始通信之后，这是我们第一次见面。

当警察们告诉我有访客时，我心里七上八下的，但是埃博妮一走进接待室，我的心情就平复下来。我握住了她的手。监狱是个冰冷而残酷的世界，我多么希望她就是那个愿意接受我的一切过往的爱人。

21

密歇根州，科尔德沃特，雷克兰德监狱
2006年5月20日

我和埃博妮一同在接待室的椅子上坐下。我留意到，这个在卡森城遇到的女孩有些不一样了。一头顺滑的长发曾为她美丽的面容添了几分光彩，现在却被一条裹得紧紧的围巾所取代，曾经光滑细腻的皮肤似乎刚刚从严重的痤疮中恢复过来。埃博妮的外表的确变化不小。在通信的过程中，我一直在脑海里勾画着她的样子，渴望着看见她美丽的长发和灿烂的笑脸，可是此刻在接待室与我坐在一起的女孩却剪短了长发，显得有些局促不安。

那一瞬间，我想起犯人们曾经聊起过与他们交往的女孩

子们。他们说女孩们的身体时常会出现一些小毛病，她们也常常会觉得与犯人约会有些丢脸，这些都很正常。高墙内的囚犯们常常因为情绪上太过脆弱，会接受任何人的主动示好，也有很多墙外的人，他们之所以愿意把时间花在犯人身上，是因为他们受制于道德绑架，只能被动接受——在心理上和行为上都是如此。

不过，虽然我对埃博妮有这样那样的疑虑，但随着交谈的深入，所有的疑虑都随之烟消云散了。我很快就感觉到，她的内心依旧温暖，眼神依旧深邃而温柔。她渐渐放松起来，我们开始就各种话题畅所欲言。她提出一个个深入而尖锐的观点，也诚恳地回答我所提出的问题。她吐露出的每个字眼里都带着甜蜜的气息。

我们聊到许多有关生命、爱和感情的话题。她告诉我她对城市园艺很感兴趣，认为黑人很有必要掌控自己的食物供给渠道。我则向她倾诉了对写作的热情，以及出狱后的生活目标。我们无话不谈。

当我在地洞里经历着思想上的转变时，常常也会设想自己心目中理想的女性形象。如今我已经是一名成年男子，和在布莱特摩尔街头贩毒的十几岁毛头小孩儿相比，对女性的要求有了很大的变化。现在的我，需要一个能够激励我的斗志，帮我挖掘出所有潜力的女人。我希望她爱我，关心我，希望她有坚定的意志，当我为了自由向整个狱政体系发起挑战时，她能够陪伴在我身边。我希望她可以真正理解我为了回归自己的社群而付出的巨大努力，并且不断地给我鼓励。我渴望埃博妮能给我这样的支持，并且认为她也有相同的感受。

但是我也知道，整个狱政系统横亘在那里，有一天我们俩一定会领悟到，在这种情况下相爱是件多么疯狂的事情。对我们的关系而言，这是个巨大的考验。这套体系不是为了让犯人与自由人之间培养感情的。当你的爱人带着她的家人前来探访，并遭到狱警攻击性的拍打式搜身，还被粗鲁的警察像对待毛头小孩一样地呵斥和提问时，他们该感到多么沮丧。还有一个事实不得不提，虽然大部分犯人来自底特律和密歇根州南部的其他一些地方，可是他们大都被发配到了北边，关押在位于郊区的监狱里。相爱的人千里迢迢才能见上一面，又何谈培养真正的感情呢？

几周之后，我从科尔德沃特的监狱转到了杰克逊的一座最低安全级别的监狱，距离底特律不到一百英里。听到这个消息，我和埃博妮喜出望外。自从被判刑以来，这是我第一次能够待在离家这么近的地方，也是第一次被转往一座最低安全级别的监狱。我觉得这是一个好迹象——表明我真的快要回家了。

来到库珀街监狱后，我找到几个认识的兄弟，简单了解了一下这里的情况。他们告诉我，库珀街监狱关押的犯人有很多会被送去劳改营，那里的安全级别最低，允许犯人在周围的社区里工作。这不仅仅意味着我离回家的日子越来越近，也意味着我可能被送到更北边的位于上半岛[④]的一个劳改营，那儿离底特律有十二个小时的车程。我把这个消息告诉埃博妮，她告诉我要积极看待这件事，不过眼下最重要的还是在关押地点好好待着。据我所知，有些家伙想方设法在库珀街一直待到见假释委员会，所以希望还是存在的。

因为这里经常有犯人释放出狱，所以库珀街监狱的氛围和我去过的所有监狱都大不一样。我在别的贩毒点认识过一些家伙，他们在铁窗后消磨了整个青壮年时期，看着他们最终从这里走了出去，我衷心为他们感到高兴。我遇到在东区认识的一个兄弟，他说他马上就要回家了，这让我顿时感觉信心爆棚。这个兄弟可不是一个模范犯人，如果他都能被释放，我怎么着也有个七八分的机会吧。

等我把一切都安顿好后，与埃博妮谈了谈见面和打电话的事情。当时每通话十五分钟的电话费大约八美元，所以我们打算控制一下通话的频率。可是说起来容易做起来难。我们总是一聊就停不下来，好几次因为欠费被监狱限制拨打电话，直到埃博妮把债还清之后才恢复正常。

埃博妮来探视的频率也没以前那么高了，不过这仍然是我们最重要的沟通方式，只有面对面的接触，才会让我们感

---

④ 即密歇根上半岛，简称上半岛，又称上密歇根，更通俗的称呼为“桥以北的土地”，是构成美国密歇根州的两块陆地之一。

觉彼此休戚相关。有时候我们会坐在一起聊上八小时的天，有时候，我们会嘻嘻哈哈地玩纵横拼字游戏或是打牌，还有的时候，我们只是握着手静静坐着，沉浸在自己的小世界里。我最喜欢与埃博妮一起拍合影。这让我有机会能偷摸一下她的翘臀，并且得到额外的亲吻，特别是当我们有个善解人意的“摄影师”时。

在看到犯人和恋人接吻的时候，每个狱警的态度都各不相同。有时候运气好，狱警能让我们热吻一分钟甚至更久，有时候则比较倒霉，我们的嘴唇还没碰上，就被叫停了。所以我和埃博妮会充分利用每一次狱警睁眼闭眼的好时机。第一次吻埃博妮的时候，我感到一种从未有过的深深的满足，甚至比从前所有性体验还要美妙。当我把埃博妮拥进怀里，感觉我们的灵魂好似在做爱。我轻柔地抚摸她，深深地亲吻着她，把她紧紧抱着，想让这个瞬间永远地铭记在心里。

现在想起来，我的古怪举动就像一个刚刚尝试初吻滋味的中学生。每当探访结束，我都会第一时间跑回牢房，把我们身体接触的每个细节在脑海里反复重放。我回味着拥抱埃博妮的感觉，回味她嘴唇的甜美滋味，整个人就像在九天之外漂浮一般。而且，不论爱得多么浓烈，我还是觉得不够，还想索取更多。

22

密歇根，杰克逊，库珀街监狱
2006年6月20日

在接下来的几周里，埃博妮又来看过我好几次。我不再担心被转到劳改营，因为在我之后转来库珀街的有些犯人已经被押上船，往北去了，所以我想自己可能躲过了窗口期。否则，我可能早就郁郁不乐地乘着船，往北边去了。

然而，就在我生日的前一天，却接到通知要我收拾东西准备转狱。我的震惊和失望可想而知。这简直就是晴天霹雳。我和埃博妮刚刚开始交往，感情还不算深，却不得不面对一场极其严酷的考验——距离的阻隔，见面机会的减少，交流的不易，这一切都是爱情的大敌。

至于我会被发往哪个营地已经不重要了，它们全都离底特律有六到十二个小时的车程，没有一个近到方便我们每周见一次——而我在库珀街监狱已经习惯了这样的探视频率。我听说有的犯人曾在劳改营关押超过两年，这样看来，我很可能会在要转去的监狱里过完所有剩下的刑期了。

我给埃博妮打电话，要告诉她转狱的消息，可是手指僵硬得无法动弹。我们的感情是否会就此寿终正寝？我不愿细想，但这很可能会成真。

埃博妮来接电话，听到她那轻快优美的声音，我的心猛地揪成了一团。

“亲爱的，他们这就要把我转到更北边的一个营地去。”我怀着沉重的心情，努力对她解释。一方面，我担心我们的感情还不够深，在即将面临的考验面前不堪一击——我和布伦达不就是因为同样的压力而选择分手的吗？可另一方面，我又觉得把埃博妮拉进监狱这个疯狂的世界来有些自私，我想让她逃走，想要保护她。狱政体系的目的就是摧毁希望，碾碎梦想，把好不容易萌芽的情感扼杀在摇篮状态，我不希望她也受到伤害。

埃博妮终于说出话来的时候，我听得出她流泪了。她告诉我本打算转天就来看我，为我庆祝生日，给我唱生日歌。她说着自己的安排，声音好几次都哽咽起来，我真希望能够把她抱在怀里，搂住她，不让她伤心。可是我什么也做不了。我在心里诅咒整个狱政系统，诅咒老天爷为何要如此残酷，竟然要把如此美丽和无辜的情感摧毁。每当埃博妮走进接待室，我都是那样精神抖擞，难道库珀街的狱警们没有看出来吗？

埃博妮收拾起心情，给我唱了原本打算见面时唱的生日歌。我这辈子从没听过如此动听的歌曲。这首歌有部分歌词是斯瓦希里语，她的嗓音婉转而动听，坚定又有力量。听着她的歌声，我仿佛去到了肯尼亚的海滩上，正与她一起站在海水中，紧紧相拥。

回到牢房里，一种不祥的感觉突然袭来。埃博妮真的会一直陪我走下去吗？我不这么认为。**在我的生命中，除了爸爸，再也没有任何人会在艰难时期陪着我坚持到底。**我一再告诉自己我们已经分手了。我对自己说，要冷静地对待这个结果。我害怕这场爱情结束带来的重创，自己根本就承受不来。

转天一大早，我就被转到了马尼斯蒂克劳改营。在我三十四岁生日这天，我被塞进一辆监车里，行驶六小时后到达了目的地。我痛恨这一路上的每一秒钟，因为我知道，随着分分秒秒地过去，我这辈子最真挚的一段感情和友情也终告结束。

一到劳改营，我便给埃博妮打电话，把我的去处告诉了她。她毫不犹豫地说会在那个周末赶过来。我一时有些语塞。原本以为她会说，等晚一点，等有时间，等存好了足够的路费……但是她却答应马上赶来看我。这让我心里隐隐升起了希望。也许我们的感情真的能够躲开狱政体系这明里暗里的阻挠，得以幸存。

但是几天之后，就在我们为见面做准备时，另一个打击接踵而至：我又被转狱了。这一次，我被发往位于上半岛最北端的一个最低安全级别的监狱。近来，在另一所劳改营里，有名犯人被一个长时间关押的犯人杀死了。因为我过去有过暴力行为，监狱方担心我也会做同样的事情。又过了一个星期，我再次被转到位于巴拉加的一个监狱，离底特律九小时车程。

在与埃博妮交往的这几个月里，我们的感情经历了重重考验。虽然起初我很担心，埃博妮却用行动证明了她是一个极其坚忍的女人，绝不会轻易被击倒。没过几个月，她就开车前往巴拉加来看我了。她在这里待了四天，每一分每一秒，我们都因为对方的存在而感受着幸福和喜悦。我一直独自与整个狱政系统战斗，但是埃博妮很快就展示出坚定的决心，无论我们的前路上被设置了什么样的阻碍，她都不会退缩。

九个月后，我因为工作原因与巴拉加的一名狱警发生了冲突。监狱打算削减预算，所以解雇了一些犯人，我们属于留下的那一拨，要负责收拾烂摊子。狱警告诉我，要以同样的报酬做双份工作，于是我问他，哪一条监狱管理条例授予他逼迫我做两份工作的权利，请他找出来。他自然找不到这样的条例，便恼羞成怒地对我说，如果我拒绝做两份工作，就要对我记一次违规。

我屈从了他的命令。为这点小事失去九十天的好时光有些不值得，再说我已经学会用自己的脑子而不是蛮力去战斗了。我把当天的工作做完，马上就要求辞职，同时还提出一项申诉，申诉这个狱警滥用职权。

我以为这一次我赢了，可是接下来，我又被转狱了，这次被转去了位于上半岛中部的马奎特分支监狱。而且，我刚到那儿就被关了七天的单独监禁，那儿的警察说他们不喜欢我，因为 1999 年我在马斯基根监狱袭过警。

我根本无法相信会发生这样的事情。为了那次的错误，我已经被关了四年半的单独监禁，而且在将近八年时间里没有一次违规记录。在那个不祥的日子里，我的确犯下了愚蠢的错误，但我已经发自内心地检讨，并且很小心地避免再犯了。尽管如此，这么多年以后，我还是因为同一个错误再次受到了惩罚。

埃博妮和我的家人对我的去向毫无头绪，我也没办法与他们联系。狱警不肯把我的财物交给我，规定我一个星期只能冲澡三次，禁止放风和娱乐。那时候我才知道，原来是警察们的同僚关系网发挥了作用。我指控他们的兄弟叫他们不爽，所以他们要让我为此付出代价。在法律条款中，这种做法叫作“双重审理”，但是监狱系统自有一套对法规装聋作哑的套路。

一周后，我再次被转狱，这一次他们把我的安全级别升到了中等。我原以为自己已经彻底摆脱了那种疯子扎堆的地方，没想到竟然又回去了。在最低安全级别的监狱里，犯人们的牢狱生涯大都只剩下最后的一点小尾巴，所以人人都想着平平稳稳地度过冲刺阶段，在那样的氛围里待习惯之后，再回到中等安全级别的监狱，那感觉简直就是一场噩梦。总而言之，我又回到了这个把捅人和终身监禁当作家常便饭的地方。

埃博妮得知我被转到一座二级监狱，便开始写信，并且给位于兰辛[5]的州府打电话，而我则对操场上的矛盾冲突避而远之。就在我到达的那一周，监狱里正发生着一场激烈的骚乱，有好几个家伙在前两天被刺伤了。我认识的一个兄弟来找我，说他手头有件武器可以给我用，可是我实在不想再碰这些东西了，所以婉拒了他，回了自己的监区。

我到那儿不久之后，埃博妮就来探视我，我们商量着怎样才能把我的安全级别降下来，并且争取转到一个离家更近的监狱去。就在这时侯，从前的室友 BX 给我写信，希望我能帮他一个忙。他说有个性侵过他的儿子和侄子的家伙，就关在我所在的监狱，想要我“照顾照顾”他。

我感到左右为难。那时候的我早已不使用暴力手段解决问题了，我厌倦了监狱里那些疯狂的打打杀杀，厌倦了各种各样的街头规矩，只想好好过自己的生活。但是 BX 跟我亲如兄弟。我试着设想假如自己的孩子受到了侵犯，我会是什

⑤ 兰辛是美国东北部城市，密歇根州的首府。

么样的感受，最终还是义气占了上风。我决定把这事情给办了。几天后，我找了一个犯人，付钱雇了他，让他替我在操场捅那家伙。

虽然做出了决定，但我依旧感到矛盾重重。那家伙虽然犯下了在我看来最不道德的罪行，但我心中还是觉得他值得被宽恕。这是我在监狱里最后一次使用暴力，几个星期后，我就被转到一个一级监狱。那个监狱位于奥吉布瓦，远在上半岛的西北端，位于美国的中部时区。

奥吉布瓦监狱在犯人当中可是赫赫有名的，因为那儿经常发生各种各样的捅人事件，号称“捅你没商量”。这座监狱虽然挂着一级监狱的牌子，但实际上更像是二级，里面有着许多的限制和规矩。这儿关押的大部分都是服刑很多年的老油条，出狱遥遥无期，所以他们几乎是一点火就着。这些人在监狱里长大，对捅人和暴力事件早已司空见惯了。来到这儿之后我才发现，犯人与狱警之间因为种族矛盾很深，很有些势不两立的气氛。不久前，一个白种人警察允许一名白人囚犯捅了黑人囚犯，结果引起了犯人们的骚乱。

与大部分一级监狱不同，奥吉布瓦的监区又划分为八人一个的小区。牢房是两人一间，但是我幸运地被分配到只有一个铺位的牢房，所以有空间读书和写作。我要争取假释，也要为将来在外面的生活做好精神上的准备，所以分心的事情越少越好。一有机会我就给埃博妮打电话，但是我们的聊天总是无法尽兴，因为监区里打电话有时间限制，而且电话费也很贵。

尽管我离底特律有十小时的车程，但我们克服一切困难也要见面。埃博妮会与素不相识的人一起长途旅行，尽量减少路上的花费。我则会找靠得住的兄弟帮忙，如果他的女朋友正好也想来看一看他，和埃博妮一起来就能分摊汽油费和晚上住宿的费用。

埃博妮的探视、来信和电话成了我的精神支柱。这段日子我们一起成长了不少。实在难熬的时候，想到我们共同的梦想和描画的未来蓝图，我才能保持理智，面对现实。

23

密歇根州，奥吉布瓦，奥吉布瓦监狱
2008年

一个月又一个月过去了，我的焦虑与日俱增。是的，离我去见假释委员会的日子越来越近了，可我如果想得到自由，首先必须完成“暴力加害人辅导治疗项目”（以下简称AOP，即原英文 Assaultive Offender Program 的缩写）的学习。AOP 是一项长达十个月的集体治疗课程，所有有暴力攻击案案底的犯人都必须参加，可是直到现在，我还没有被列入参加者的名单中。

问题是，等着参加 AOP 的犯人名单，已经拉得比我的胳膊还要长了。尽管没上完 AOP 的课就去见假释委员会的犯人也不少，但我不希望自己是这种情况。委员会对所有没有完成 AOP 课程的犯人一概拒绝假释，可是按要求需要上这套课程的犯人又太多，州政府根本安排不过来。

埃博妮和我使出浑身解数，又是打电话，又是写信，要求让我加入 AOP，但是却一次又一次地无功而返。

照这个速度，可能到了举行听证会的那天，我的 AOP 还没开始呢，更别提学完以后再进行听证会了。所以我们决定发动家人、朋友和社区里的邻居熟人，写信给假释委员会帮我求情。我为此忧心忡忡，但还是努力往好了想，说不定哪天，假释委员会就发现我这个人已经今非昔比了呢？

进入 2008 年的几个月后，我的名字终于被列入 AOP 课程的等待名单里，并被告知最终会在奥吉布瓦上课。这可是个天大的好消息，上了课之后，假释的机会就大大增加了。可是，毁灭性的打击接踵而至：这个学习小组被解散了。就像从前的很多兄弟一样，我只能在没有完成 AOP 的情况下，接受假释委员会的面试。

随着假释听证会的临近，埃博妮和我开始讨论起面试的策略。我自然知道自己在思想和行为上都已经脱胎换骨，但同时也知道，在这十七年的牢狱生涯中，我没留下什么好名声。我被逮到一次袭警，共计违规三十六次，被罚单独监禁共计七年。我知道从自己的档案里无法反映本人现在的真实状态，可是，这套系统有多么冷酷无情，我也是见识过的。

如果能够被假释，我打算马上着手工作，去帮助那些与曾经的我有着一样烦恼的青少年，不让他们重蹈我的覆辙。我和埃博妮在一起已经两年了，在这两年里，我们创办了一个名为“落珠”的出版社，用来印刷和出版我们的第一本小说。我已经与帮进会合作出版了一本书，是给那些父母亲被关押在监狱里的孩子们看的，与此同时我的作品也开始出现在一些选集和全国性的杂志上。我毫不怀疑自己一定能获得保释，只要给我一个机会就行。我渴望着重新获得自由，并且帮助别人改进自己的生活。

在我为牢狱生涯的重大时刻做准备时，埃博妮也在以我的名义广泛争取支持。社会各界人士——教授、学校主任、书店老板和社区运动分子等——纷纷写信给假释委员会，阐述我将要从事的事业的重要性，说明我出狱后他们会为我提供的帮助。我的爸爸、妹妹纳基亚以及继母的儿子威尔也写信给他们，陈述他们所看到的、我在这些年取得的进步，以及如果我能回家，他们将会给予我的支持。

2008 年 8 月，就在我的第一次听证会举行日的前一天，埃博妮开车带着我的爸爸、继母和我的儿子小杰伊来看我。我已经好几年没见过儿子了，如今他已经长得又高又帅，一副对自己的梦想胸有成竹的小男子汉模样，叫我难掩激动之情。这也是在相当长的一段时间里，我第一次见到爸爸和继母，因为距离太远，他们不方便来看我。他们走进接待室，用尽全身的力量紧紧拥抱我。虽然前路漫长而崎岖，他们却给了我赖以生存的爱与温暖。

我们坐下来，爸爸开始谈论我出狱的事情，以及这件事对于他和全家人的意义。

“儿子，我们想要你回家，”他说，“你离开太久了，兄弟姐妹都想要你回来，你的孩子们也需要爸爸。”

我的眼眶湿润了。坐牢的十七年里我几乎没怎么哭过，但是现在却怎样也忍不住眼泪。我花了好些年才明白，坐牢不是我一个人的事，而是全家的事，虽然关在牢里的只有我一个，但是家人们却和我一样，在精神上备受折磨。我渴望尽快结束自己的铁窗生涯，让被我连累的埃博妮和家人们赶快解脱，所以我控制不住自己的感情。

“我知道，我们大家一直等待着这一刻，”我泪眼模糊地说，“可我还是要提醒一声，结果可能有好几种，最差的就是他们会给我的刑期再续上两年，这意味着需要再过两年，我才能再次去见委员会。”

尽管我已经在监狱里待了十七年，但是这两年时间却显得特别漫长。

“不论他们怎么决定，我们永远陪着你。”爸爸向我保证，“我们会在这里支持你，直到你出来。”

他的话让我勇气倍增，也让我有了更多的自信去面对转天上午的委员会。原以为自己会彻夜无眠，但没想到那一夜，我竟是在平静的沉思、冥想和祈祷中度过的。面对命运的时刻就要来了，坐了这么多年的牢，我终于有希望把有关监狱的一切抛在身后了。

然而，事实却远不像我料想的那样顺利，反而差一点就让我彻底崩溃。

第二天，我与爸爸刚走进那间狭小局促的听证室，一种不祥的气氛就迎面而来。听证委员会的委员本人并不在房间里，但是她浑身散发的负能量，就算透过电视会议的屏幕我也能感觉得到。我看到她的图像出现在屏幕上，正皱着眉，低头看我的文件，然后又抬起头看着我，眉头皱得比刚才更紧了。

“名字和号码。”说罢，她又歪头去看那份文件。

“詹姆斯·怀特，号码是219184。”我礼貌地回答。

她重新抬起头盯住我，冷冰冰地问：“怀特先生，你为什么无缘无故开枪杀人？”既然她抛出这个问题，我便开始努力解释多年前发生的那件事情。

“我觉得他对我的生命可能产生威胁，”我平静地讲述道，“因为在事发的几个月前我曾经遭到枪击。”

她没买账。“要知道，怀特先生，作为杀人的理由来说，这是很牵强的，完全站不住脚。你现在并没有认识到自己杀人的罪过，是吗？”

“认识到了。”

她开始询问有关我在监禁期间的表现，以及出狱后的计划，语气更加咄咄逼人。

“我已经出版了两本自己的书，还有其他书也在努力中，”我说，“我还计划——”

她打断了我。

“你自己还写了书，这很有趣，怀特先生，但并不能抹杀你拿着枪并且决定用它来杀人的事实。”

很明显，她对于过去五年里我的转变和取得的成绩毫无兴趣。她一有机会就打断我的话。我只想尽量完整而客观地呈现我的案子，可是所有的努力全都白费了。

对我的面试完成之后，她问爸爸是否还有要补充的。可是同样的，爸爸刚开口说话就被她打断。她说她已经听够了，听证会就此结束。

“祝你愉快，怀特先生，”她说，“我建议你先上 AOP 课程，然后再说假释的事。你很快就会得到邮件回复的。”然后镜头里变得一片空白。

我怀着满腹的心事回到牢房。一方面，我愿意相信自己的确有得到假释的机会，但是越是回忆那位委员对待我的态度，就越觉得这事儿成不了。

那天傍晚和埃博妮聊天时，她鼓励我乐观些，先专心考虑回家的事。我全心全意地信任埃博妮，她的话给了我莫大的安慰。

接下来的几周，我们继续努力促使 AOP 课程把我纳入其中，却频频从精神服务科得到坏消息。就在我快要彻底失望时，却被告知收拾行李，因为他们打算把我转送到南部地区的一家监狱去，在那儿参加 AOP 课程。转天，我就乘船回到了位于阿德里安的格斯·哈里森监狱。我激动得快要疯了。在上半岛的那两年对于埃博妮和我来说无比地漫长，阿德里安却是唯一一个离底特律只有一个半小时车程的城市。埃博妮再也不用为了探视我而长途跋涉了。

转到阿德里安后，我把大部分时间都用来待在监区里写作和阅读，学习各种出狱后可能用到的知识。我只与认识多年的几个犯人来往，他们也正等待着获释回家。我还充分利用项目联盟和监狱创意艺术项目（以下简称PCAP，即其原文Prison Creative Arts Project的缩写）提供的课程（这两个组织都是由密歇根大学赞助成立的）。通过这些课程，我学着利用创意作品表达情绪，同时这也使我对写作和艺术更有兴趣了。

假释委员会的决定姗姗来迟，但我们仍旧怀着希望，希望他们会给我一次延期到完成AOP的假释，而不是直接拒绝。如果真是这样的话，尽管最早的释放日期还是无法确定，但他们可能批准我完成AOP的学习后假释，而不必举行第二次听证会。

在此期间，我很幸运地认识了一组来自密歇根大学的学生志愿者，并且与他们建立了真挚的友谊。他们每周一次来为我们开培训班。我们彼此鼓励，在一起辛勤地排练，最终为监狱奉献了一场表演。这是我第一次上舞台表演，也是第一次为舞台剧写作，我非常享受整个过程。也是在这段时间里，我遇到一位水平高超的写作和戏剧指导老师，他向我传授了关于表演的许多知识，教我怎样通过不同的媒介分享自己的声音。

来到阿德里安大概一个月后，我收到了来自假释委员会的信。你的假释申请被拒绝，信中说道，因为我们认为你对社会仍有威胁，所以不应释放。信中还说，要等一年后，他们才会再次考虑我的状态是否适合假释。

这的确是个叫人失望的结果，但面试之后我对此早有心理准备。我和埃博妮都觉得最坏的时候已经过去了，现在我终于加入了AOP课程，一定会提前去见假释委员会的。所以，我把所有的精力都集中在完成AOP的课程要求上。课程开始的日期已经定了，指导我们学习的是斯金纳医生，他是一位治疗专家，我们听说他常常因为鸡毛蒜皮的小事就把犯人从班级里踢出去，还有些家伙说斯金纳有种族主义信仰。

为此我很是忧心，我可不希望被从期盼已久的班级里踢出去。可是，从组队学习的第一天开始我就知道，关于他的说法都是不实的传言。他是个坦白正直的人，待人严厉但是并不过分，并且他十分看重责任，希望我们不要为自己的行为寻找借口。他偶尔会严苛到有些不近人情，但是我很赞同他的处事风格。那些家伙总是找各种理由粉饰自己的过去，连我也早就看腻了。

学习组里的形势一片大好。我学习了很多知识，了解了自己的认知过程以及无法处理过去冲突的原因，通过聆听组里其他犯人的故事，更加深切地体会到了同情和共鸣的情感。总的来说，我觉得事情朝着乐观的方向发展，直到有一天斯金纳看着我的眼睛对我说，他觉得警察不会把我从监狱里放出去。

他的说法来得很突然，别的犯人们马上为我辩护，问他为什么有此一说。斯金纳回答道，这只是他的个人意见，根据耳闻目睹其他犯人的遭遇得出的结论。

他对着全组人解释说："沙卡不仅有一桩谋杀，他还袭击过狱警。我很少见到假释委员会允许有这种记录的人出去。如果他真想早些离开监狱，我想，他至少还有一场硬仗要打。"说这番话的时候，他的脸上一直都带着一丝自鸣得意的笑。

斯金纳的话深深刺痛了我，但我马上意识到，他可能在耍什么小花样，想看看我会不会就此方寸大乱。我没有表现出恼怒的样子，只是告诉他，我相信自己肯定会被释放回家，而且我一定要用自己的生命去做有意义的事情。他点点头，脸上仍旧带着那副自鸣得意的笑容，好像在说他不信我的话，也像在说，他相信我的话，只是不肯承认罢了。

一个月又一个月就这么过去了。埃博妮每周都会来探视我一次，有时候一周两次。我们继续勾画着未来的蓝图，希望我能早些被叫去接受委员会的面试。同时，我们也充分利用每次见面的机会谈情说爱。不论天气如何，不论一周的工作如何艰难，埃博妮总是来看我，从不间断，风雨无阻。我们的爱情在每一次的拥抱、亲吻和倾心交谈中，变得越来越浓烈。

有一天，埃博妮来看我的时候下起了暴风雪。我们事先并不知道天气会糟糕成那样，也不知道通往监狱的便道直到深夜才会进行排雪。在离监狱大约二十英里远的地方，埃博妮的车被卡在路边的一条沟里。她哪儿也去不了，手机也没信号，坐在冰天雪地中等了几乎十五分钟之后，才有人停下来帮助她。

埃博妮好不容易才到达接待室，我看到她浑身都在簌簌发抖。那感觉糟糕透顶。我痛恨看到她因为我们的爱而受苦，痛恨自己只能束手无策地呆看。我们的脑中都有着同样的怀疑，只是谁也没有问出来过：

委员会难道真的会再次拒绝我的假释，直到我服完四十年的刑期才放人？

24

密歇根，阿德里安，格斯·哈里森监狱
2009年3月

AOP 的课程日渐进入尾声时，我被安排于 5 月 20 日提前进行假释听证。这一天是爸爸的生日，也是我和埃博妮的纪念日。我自我感觉十分稳妥。

事实上，在这之前，我和埃博妮已经对即将给我进行面试的假释委员做了一番研究，发现她一向以公平著称。而那天的天气也好得不得了——又是一个好兆头。

我和爸爸一走进听证室，就感觉到气氛和第一次面试时截然不同。这一次，假释委员会的女士和我们在同一间房里，而且她看起来愉快而友好。一番寒暄过后，我们进入了

主题。

我开始套用从AOP学来的词汇讲述我的过去。我谈到过去的“思想问题”，以及怎样学会用“共情角色扮演”的方法，把自己置于他人所处的情境之下换位思考，而不是任由冲动驱动自己的行为。

我正讲到写日记的习惯，这时候，那位委员突然打断了我的话。

“怀特先生，”她说，“我知道他们在疗愈课程里告诉你要使用这些词汇，但是我对这些不感兴趣。我只想知道，十九岁时的你是个什么样的人，以及在那时候你脑子里在想什么。”

她的语气很诚恳，但是这个问题并没有因此而变得容易回答。我花了一点时间整理思绪，然后把十七岁时遭到枪击时的感受告诉了她。我告诉她，自从那次经历之后，我每天都带着枪。我表达了对于侵害他人生命的深深的悔恨，列举了自己一直以来为了帮助其他犯人做出的努力，还告诉她出狱后打算去做辅导人员的计划。

“我深受感动，”她在听完我的陈述后说道，“我从没见过哪个犯人对出狱后的生活准备得这么充分的。”她说很喜欢我的诚实和对自己行为负责的做法。面试结束后，我们友好地拥抱，她说我将在几周内收到委员会的消息。

面试结束后，我整个人都有些飘飘然。我迫不及待地想把听证会的过程告诉埃博妮。那天下午她来看我，我们俩都沉浸在喜悦中，仿佛假释已经得到了批准似的。

接下来几周，我们开始计划回家的事，还列了一份清单，把在我回家前要准备好的事项一一写了下来。在这份日程上，第一要紧的事是给我找个工作，因为我原本打算去工作的那家书店，已经因为经营不善而倒闭了。我们讨论着需要给我买些什么衣服，办ID要准备填写哪些文件等。正常人生活的世界仿佛触手可及。

在那几周里，埃博妮每次来看我的时候，总是焕发着一种我很久都没见过的光彩。她一走进这栋大楼，似乎整个房间都随之亮堂起来。她就是我的快乐，让我欲罢不能，让她成为这个世界上最幸福的女人，是我当时最迫切的愿望。

每周我都向自己的顾问询问假释委员会的消息，但每次她都告诉我还没有消息。不过，她相信我会得到假释，因为州政府目前正面临着预算危机，不得不让更多犯人出狱回家。在她看来，像我这样明显已经脱胎换骨的人，怎么可能遭到拒绝呢？

满满的正能量让我的心情无比舒畅。我睡不着觉，操场一开放，就和同乡特里一起在跑道上不停地绕圈子。特里也在为回家做准备。我们走来走去，事无巨细地讨论着出狱后打算要做的事情。我已经等不及想要出去了，我要卖书，要与生活在社会边缘、急需救生索的年轻人谈心。

假释委员会面试大概一个月以后，我的顾问来找我，说在点名后需要跟我谈谈。从她的表情来看，似乎不是什么好事。她平常总是很乐观，一副活力充沛的样子，但是当我走进她的办公室时，我在她脸上看到的却是从未见过的哀伤表情。等我坐下来，她深吸了一口气，说出了我最怕听到的话：

“他们再次拒绝了你的假释。”

我根本无法相信自己的耳朵。

为了能够出狱，我已经使出了浑身解数。我从内心深处进行反省，近十年来的行为记录干干净净，交给我的每个任务都一丝不苟地完成。尽管如此，他们还是再一次无情地打击了我。斯金纳的话开始在我的脑海里像蹦豆子一般弹起又落下：“他们永远也不会让你出去。他们永远也不会让你出去。他们永远也不会让你出去。”

轮到我们这个区域的犯人去食堂了，但是我一点胃口也没有。想到食堂大厅的气味都叫我作呕。仿佛就在突然之间，牢里的一切都变得无法忍受了，我觉得自己连一天也待不下去。

我沮丧得恨不能蜷成一团一死了之。我知道这个消息对于家人们来说不啻于晴天霹雳，他们明明隐隐看到了希望，最终却是极度地失望。所以我当时就决定，干脆破罐子破摔，再也不去见假释委员会了。

打电话给埃博妮的时候我已经接近崩溃。

“沙卡，这太过分了！我恨这套该死的系统和他们玩的狗屁把戏，”埃博妮在电话里吼道，“我这就出门。我要去看你。”

知道埃博妮很快就会出现，我本应该感觉好受些，但实际上并没有。也许这是我们最后一次见面了，我想。让埃博妮再忍受长达一年的折磨，是我无法想象的事。我在里面已经待惯了，迫于无奈我可以再熬上四十年，可如今她的幸福取决于我是否能够回家，一想到这一点，我连一天都没法继续待下去。埃博妮想要一个属于自己的家，我希望她愿望成真——哪怕她的家里没有我，我也愿意。

我一边冲澡一边努力组织语言，想着如何与埃博妮提分手。和我在一起的这些日子，她已经把自己的一切都搭了进来。可是，她应该找一个自由自在的男人与她共同生活，她应该有一个好伴侣，晚上与她紧紧相拥，清晨把她吻醒，带她去高级餐厅，兴之所至便共舞一曲。她的孩子们应该有一个好爸爸，一个能帮孩子们收拾玩具、修理自行车，尽到一切爸爸该负的责任的爸爸。但是这些我全都给不了她。

我静静地坐在接待室里等着埃博妮，试图让自己平静下来。与她相爱是一段难以置信的美好经历，但是我们的未来变数太多，不能继续这样下去了。虽然我不是自由身，但她应该是自由的。

我一抬头，正看见埃博妮站在安全门的另一侧。她刚走进来，我的泪水就往眼眶里涌，她伸出手来抱我时，我彻底崩溃，大哭起来。我们握着手，我绝望地哭泣着，对她表明了心意。我看着她的眼睛，说我不允许她陪我一起继续受苦，也不打算再去见假释委员会了，我已经受够了他们那套把戏。而她只是温柔地抚摸着我的双手，为我擦去眼泪，专心地倾听着。

最后，埃博妮握住我的手，看着我说道：“我们绝对不能放弃，不能让他们得逞，”她提高了音量，“我们会赢，我永远也不会放弃你。**放弃不是一种选择，**沙卡。”

埃博妮说最后那句话的时候透着无比的坚定，正是这样的坚定在四年前吸引了我。

而且她真的丝毫也不打算退缩。她提起我们一起经历的许多往事，说起我们是如何克服重重阻碍才走到今天。她让我不要忘了自己的意志有多么强大，否则怎么可能熬过四年半的单独监禁？她提醒我，**认清自己的情绪是一件非常艰难的事，别人往往选择逃避，而我却做到了。**听完她这番话，我觉得仿佛单手拎起整栋监狱大楼也不在话下。

从那一刻起，我就知道我们的爱情是坚不可摧的。与她一起坐在接待室桌前，我感觉自己又有了勇气，可以继续为自由而战斗。

于是我们开始商量接下来该如何应对。

25

密歇根州，杰克逊，库珀街监狱
2009年12月

几个月后，我被转回位于杰克逊的库珀街监狱。我已经完成了 AOP 的学习，这就意味着再也没有理由让我一直待在偏远地区了，但我又有些担心他们会把我送回到上半岛去。当我把自己的顾虑告诉顾问时，她说我肯定不会被转到北边的劳改营里去，我这才彻底松了口气。（实际上，北边的劳改营地不喜欢接收有暴力记录的犯人，她也不清楚为什么我起初会被发配到那儿。）

我每天都和堂兄斯迈利（他是四年前入狱的），以及朋友德里克 · 福特一起锻炼身体。我把自己写的书给他们看，他们都表示很喜欢，并且以我为荣。他们看待问题总是非常积极乐观，坚信我会被提前叫回去见假释委员会，并且认为这一次我肯定会被释放。

我和埃博妮抓住一切机会腻在一起，有时候是见面，有时候是打电话。我们仍旧梦想着未来在一起的生活，她还在我们位于底特律的家前竖起了一块愿景板，在上面贴上我和她的照片。埃博妮甚至跑去给我买了回家穿的衣服，并且开始装修房子迎接我的到来。

几个月后，我第三次被叫去见假释委员会。距离第一次面试已经差不多过去了两年，我感觉这是我一直在苦苦等待的机会。这一次同样是爸爸陪我去面试，给我面试的委员会代表是一个年纪稍长的黑人先生，据说他一向以严格和朴实而著称。

寒暄过后，那位先生问我释放后打算做什么，我像发表人生感言一般给出了答案。

“如果我能出狱，”我说，“我打算去工作，在当地高中和社区中心做志愿者。我的最终目标是当一名作家。我已经出版了一本小说，并且与别人共同出版了一本儿童书籍。我的经历被好几家全国性刊物作为人物特写刊登出来。但是这些都不是我最关心的。最重要的是，我想回家，想给我的孩子们当父亲，为我所属的社群做出贡献。”

“那么如果你的计划落空呢，怀特先生？”他的双眼从镜片上方朝我看过来，“而且要是碰到老伙计们，又该怎么办？”

“我会为我的计划做好万全的准备，”我说，“先做一份普通工作，直到能够开始真正的写作为止。”

这位委员继续提出问题，试探是否能在我的计划中查探出漏洞，但是却没能成功。实际上，我计划要做的这些事情跟能不能出去没有关系。出狱对于我来说已经不是最重要的事了——此刻我最关心的，是将过去犯下的错误一一修正。

当我们的对话告一段落后，他说他被我的努力所打动，希望我能够顺利收到假释通知。他对我的爸爸表示感谢，感谢他为我的生活提供了积极的影响，并且祝他好运。

听证会结束后，我跟爸爸道了别，便回到了牢房里。我在脑海中回放了整个面试的过程，试着体察那位委员脑海中的想法。我不想对假释的可能性有过高的期待，但是这一次似乎感觉真的挺好，最后我面带笑容躺回到床上。

三个星期后，我收到了假释通知。

26

密歇根州，底特律市
2010年6月

2010 年 6 月 22 日，三十八岁生日的第二天，我以一个自由人的身份走出了监狱。

我走到高墙外，吸入十九年来第一口自由的空气，仿佛初生婴儿的第一次呼吸。

空气在我的肺里挠着痒痒，我发自肺腑地笑了。我真的自由了，这一次我一定会把自由用在正途上。

埃博妮和杰伊在假释办公室的停车场等着我。在看到埃博妮的那一刹那，我的心灵被她的美丽深深震撼了，就像饥渴难耐的人终于喝到第一口水那样满足。埃博妮以往来看我的时候总是穿得尽量低调保守，是因为担心监狱不放行。而现在的她却是前所未有的美丽和性感。她那一头秀美的长发打着卷儿拨到一侧，穿着一条短得让人提心吊胆的短裙，几乎刚刚盖住臀部。我们即将携手展开一段崭新的旅程，再也不用担心拥抱和亲吻时要受到警卫“热情”的监视，再也不会有阴魂不散的“监狱忧郁症”纠缠不清。

我转向杰伊，第一次以自由人的身份拥抱他，又用尽全部的深情亲吻着埃博妮。然后我朝我的兄弟瑞德·蒙哥马利走了过去，他也和我一样刚刚出狱。瑞德承诺过，要在出狱的那一天，成为我的作品的第一个顾客，此刻他正等着将诺言实现。埃博妮带来了好几册我已经出版的处女作，于是，我就在停车场上正式卖出了自己的第一本书。

办完手续后，我向瑞德道别，然后与埃博妮和杰伊一起开车去吃东西。我们本来计划好，要到城外一家不错的餐厅吃午餐，但是到了那儿才发现当天不营业。因此，为我接风洗尘的第一顿饭是从地铁买的鸡肉三明治，而不是埃博妮精心选择的大餐。

我一点儿也不在意这个，无论如何，这都是我这辈子吃得最香的一顿饭。

回家后最初那几天的记忆就像做梦一样。第一天，所有的兄弟姐妹、亲戚和朋友都到我爸爸家来（只有干姐姐塔米克没来，她当时住在西雅图）。继母应我的要求做了千层面，我一边听着亲朋好友的家长里短，一边与大家频频举杯庆贺。

我见到了所有的侄子侄女外甥外甥女们，还有在我离家期间出生的小表亲们。我的女儿蕾珂莎也带着她的儿子赶了过来，上次见到她时，她还是一个小小的婴儿，如今再次见到本人，感觉真是神奇。蕾珂莎已经长成一个美丽的姑娘，我真希望能多多了解她和我的小外孙。在那一天里，我感受到了家人给我的汹涌爱意和支持，这让我心潮澎湃又百感交集。

庆祝活动一直持续到那个周末。爸爸在周末举办了一场烧烤趴，更多家庭成员赶来庆祝我重获自由。听着我的奶奶、爸爸妈妈的兄弟姐妹，还有我的表亲堂亲介绍他们如今的现状，我感到十分满足。在东区的老街坊老朋友也来了，还有一些在牢里认识的兄弟们。看着那一张张熟悉的脸庞，我倍觉温暖与感动。我不停地与大家碰杯，交谈，彼此拥抱和亲吻，我尽情享受着这一切。

从我回到家的第一秒钟开始，埃博妮就对我有求必应，甚至说是“宠爱”也不为过。她给我做好吃的，开车带我在底特律四处转悠，让我再次熟悉这个城市，充分体验自己重获自由这一事实。回家的第一周里我几乎没怎么睡觉，我们忙着聊天，将过去错失的爱一一弥补，直到三更半夜才睡觉。我觉得和她在一起的每个时刻都是那么神圣。

回家的兴奋感渐渐褪去后，我开始按部就班地经营我们的出版事业。回家第一周，我在底特律举办的“美国社会论坛”发表了讲话，成功出售了一部分书。埃博妮也带我到当地的几家书店举办了签名售书活动。那个夏天就那样忙忙碌碌地过去了，每天都有新事物，每天都像是一场新的冒险。

我这辈子还没考过驾驶执照，所以这件事被排在待办事项列表的第一位。长期的监禁导致我很难估量物体之间的远近距离，光是为了调整好坐在方向盘后面的感觉，就让我费了不少劲儿。我花了三个月的时间学开车，然后便信心十足地参加了考试。一旦上手之后，我的驾驶技术还是很不错的。

埃博妮给我买的黑莓手机也占用了我不少时间。我忙着学习使用这项高科技产品，用它与家人朋友建立联系。那段时间，黑莓手机简直像是和我的手粘在了一块儿。

犯人出狱后的际遇林林总总，我也听说过不少。有人回家后把庆祝会办得热热闹闹，还有人在社区里混到功成名就，可是也有人出去之后死了，或者没过几周再次被关进大牢。虽然我也希望能预测一下自己会怎样逐渐进入正常人的生活轨道，但是我做不到。入狱的时候我只是个半大的孩子，出来时却已经是个成人了——至少我自己觉得是。

而且，我眼前的世界与十九年前离开时的相比，已经是天翻地覆的差别。1991 年，在我刚入狱时，可没有什么苹果电脑或苹果手机，汽油是一点零五美元一加仑，没有社交网站，人们的交流依靠电话或当面交谈，而不是短信和电子邮件。我一头栽进了这个全新的世界，费了很大的劲儿才没被潮流抛弃。

除了这些问题之外，理论上说我还处于服刑期，假释条款是绝对不能违反的。一次无心的小纰漏就会让我一夜回到过去。尽管我自由了，狱政系统却仍然在许多方面限制着我的生活。我不能与同样也处于假释中的犯人或重罪犯人待在一起，埃博妮和我为了得到同居的批准大费了一番周折，我不能跟家人朋友们出门参加聚会，不能在任何卖酒的地方出现，我甚至不能靠近玩水枪的孩子。

一周又一周过去了，我发现自己渐入佳境。我第一次去观看了底特律老虎队的比赛，因为受邀到威斯康星大学普莱维尔分校[⑥]做演讲，我还搭乘了有生以来的第一次飞机。这是一次终身难忘的神奇体验，我享受着在天空翱翔的每一秒钟，甚至包括半道上遇到气流的时候。

没过几个月，我就得到了第一份兼职：为《密歇根公民报》撰稿。我需要回顾一张张碟片，为我们黑人社群里的作家、音乐家和电影导演撰写长篇的生平介绍。我特别喜欢这份工作，可惜的是，没过多久这份报纸便遭到了预算缩减，给我的薪水大幅降低，每个星期的工作任务也变得寥寥无几。我顿时感受到了经济上的压力。为了撰写稿件，我需要在城市里四处搜集资料，所以刚刚买了人生中的第一辆车，一辆耗油的1996年凯普瑞斯，所以手头拮据了起来。我很感谢能有这样的工作经历，但同时也知道这个问题得靠自己

⑥ 起始于1866年的普莱维尔师范学院，在1971年正式纳入威斯康星州大学体制中，成为威斯康星州的十三所州立大学之一并正式定名为威斯康星大学普莱维尔分校。

搞定。

2011 年对于我和埃博妮而言都是意义非凡的一年。我结识了一位当地的电影导演，他想把我的经历拍成纪录片。我也获得了人生中第一次出演角色的机会，在电影《莫加的独白》里扮演一位叫作达伦的单亲爸爸，这部电影以夸张的风格，讲述了单身男性和单亲爸爸所面临的感情问题。

那一年的 2 月份，我和埃博妮搬进了一套新的市内住宅，没多久她就怀孕了。对我而言，这简直是全世界最棒的消息。在确定怀孕的那天，我们俩喜极而泣。埃博妮一直渴望着当母亲，我知道，她一定会是世界上最好的母亲。

我们和亲朋好友共同庆祝了这个好消息，与此同时，我对成功的欲望也越发高涨起来。当时在我们家，埃博妮依然是挣钱主力，虽然我的书销售量有所上升，但是利润还不足以真正地维持生活。我很想从埃博妮肩头接过养家糊口的担子。

为了找工作，我开始投寄个人简历，可是全部石沉大海，无一例外。我向当地一家为有重罪记录和有药物滥用问题者开办的庇护所申请过一个“重返社会辅导员”的职位，也向好些非营利组织提出申请，想为青少年提供辅导——我觉得这对我再合适不过了——但是全都没有回音。我感到越来越大的经济压力，同时也不免在回想起自己的牢狱生涯时感到一阵阵耻辱和愧疚。

但埃博妮始终没有退缩，她仍旧鼓励我不要放弃。尽管我手头拮据，心情低落，但还是继续为社区里的年轻人做志愿者，继续卖书，继续在当地高中和大学里演讲。值得一提的是，在从威斯康星大学普莱维尔分校回程的路上，我偶遇了韦斯特教授[⑦]，这应该算是这份工作的亮点之一。

大概就在这时候，奈特基金会推出了一个叫“黑人男性就业”试点计划（以下简称BME，即原文Black Male Engagement的缩写），感谢为自己的群体做出过积极贡献的黑人，而我获得了其中“杰出领袖”的提名。我做了一份自己的视频简介，放到我的社交网络中，供关注者以及他们的朋友和家人传播，以便引起赞助的非营利企业的注意。我和埃博妮还提交了一份申请，希望开设为期十二个星期的辅导课程，引导问题青少年利用写作疏解情绪，辨别愤怒和挫折感的根本原因——一年前的夏天，在看到我的两个侄子和一个儿时朋友遭到枪击后，我产生了这个想法。**我发现文学作品具有促使人自省的作用，**也希望通过这种作用，加上辅导老师的指引，帮助社区的孩子们逐渐认清自己所处的环境，**感到自己是被爱、被接纳的，**从而健康成长。

计划提交一个月后，消息传来，我是BME项目的胜出者之一。我已经等不及要在一直以来提供辅导的几所学校里

---

⑦ 康奈尔·韦斯特是美国哲学家、学者、活动家、作家、公共知识分子和美国民主社会党的重要成员。1980年在美国普林斯顿大学获得了博士学位。

实施这项计划了。

工作上的进展固然能带给我成就感，不过跟知道我们的孩子即将出世的激动相比，就有些相形见绌了。每一次的孕检过后，我们的期待都会变得更加强烈。很快，我们便知道他是个男孩儿，还给他起好了名字，叫作塞库·阿克利——意思是“好学的武士”——并且开始为他的降生做准备。我知道，亏欠前两个孩子的时间和陪伴，自己是永远也无法弥补的，所以这一次，我打定主意要全力以赴，做塞库的好爸爸。

不过，在生孩子这件事上，我们并不是一帆风顺。在埃博妮的整个孕期里，塞库一直侧躺着，舒舒服服地待在妈妈的子宫里。医生提醒我们说，如果他始终不肯转过身来，就只好用剖宫产的方式分娩。埃博妮不喜欢这种方式，她希望能够顺产，而我很清楚这对她来说意味着什么，所以也跟着着急。我们参加了准妈妈培训课程，尽一切努力为自然分娩做准备，但是塞库就是不愿意合作。

在预产期到来的三周前，埃博妮去做了最后一次超声波检查，当时医生确认胎儿仍旧没有转过身来，便安排埃博妮在 2011 年 12 月 1 日做剖宫产。我竭力安慰埃博妮，说上天一定会保佑我们，可是仍旧忍不住感到失望。

然而，就在预定的手术期前一周，医生发现塞库竟然奇迹般地转过身来了。

2011 年 12 月 12 日，我们住进了安排埃博妮分娩的那家医院。整整八个小时，我看着我最亲密的朋友、爱人，以及孩子的妈妈经历了极大的分娩痛苦。我尽全力帮助她，鼓励她，但是说实话，眼睁睁地看着她受苦却爱莫能助，那感觉真不好受。亲眼见证了整个分娩过程之后，我更爱埃博妮，也更尊敬她了，这是连我自己也没有想到的。

2011 年 12 月 13 日，午夜过后不久，埃博妮带来了这个世界上最美丽的宝宝。塞库是睁着眼睛来到这个世界上的——从第一天开始他就睁着那双明亮又漂亮的眼睛。每当我走进病房，他的脸上都挂着大大的笑容；每当我抱起他来，他都会抓住我的手指，紧紧贴着我的身体，听着我的心跳坠入梦乡。

在塞库到来的起初几个月，我们和所有的新手父母一样手忙脚乱，不断调整自己适应新的生活，但老实说，这真是一场不折不扣的挑战。尽管如此，这段经验却是如此弥足珍贵，哪怕给我全世界的财富，我也舍不得交换。

看着塞库日渐成长，我才意识到，自己曾经对假释委员会说过的话的确是出自真心——我最大的愿望，就是为孩子创造一个更加美好的世界，比我和埃博妮所处的这个世界更加美好。“孩子他妈”是那样温柔和细致，能够拥有这样一位妻子我真是三生有幸。埃博妮用母亲的天性为塞库编织了一张洋溢着浓浓母爱的毯子，从出生那一刻起便把他紧紧包裹在其中。

2012 年初，BME 奖项的获得者们受邀去参加颁奖。对于我和我的家人们来说，这是最为激动人心的一天。优素福也在那儿，他也是获奖者之一。我们聊起各自的生活，聊起从前在密歇根监狱的那些日子，感慨时光倏忽而过，我们再次重逢。不过，那一天里最让我感动的地方是我终于可以将成功的喜悦与爸爸分享。这么多年来，我一直盼望着他能看到我重新做人的决心，这个奖对于他来说算得上名副其实的奖励——感谢他这么多年来对我的爱和不离不弃的回报。

接下来的几个月，我去了几趟威斯康星和纽约，同时也给学生们做演讲，继续我在底特律的工作。我的辅导项目同样开展得很好。学生们很喜欢来上课，就在我的眼皮子底下，这些羞涩内向、被街头生活磨砺得内心不再柔软的孩子们，变成了才华横溢的作家和富于表现力的艺术家，看着他们我感到由衷的快乐。我认真聆听着他们的话语，聆听他们通过一个个故事、一首首诗歌和俳句对我倾诉的心声，感觉非常奇妙。我发现自己也在学习，学习该怎样做，才能为那些追求自己梦想的人提供切实的帮助。孩子们敞开心扉，写下自己遭受过的性侵害和儿时受虐的经历，那些过往又可怕又痛苦。不过在他们写下的字里行间，我看到有一丝希望在闪闪发亮。

5 月到来了，我做事开始更加小心谨慎，力求安然度过最后一个月的假释期。到那时为止，我已经离开监狱两年了，不过 6 月份才是最终结束的日子，我一直在盼望着这个日子的到来。遵守假释限制的条条框框叫我疲惫不堪，而且我的 BME 授权就要到期，这意味着我即将失业——还好有埃博妮和塞库在，他们是我力量的源泉。

终于，在 2012 年 6 月 28 号这一天，假释顺利结束，我正式出狱了。我拿着出狱单从办公室走出来，一想到以后再也不需要征得同意才能离开本州，再也不用为了保证尿液的确是来自我本人，而当着陌生人怪异的目光将小便尿在杯子里，我便不由自主地手舞足蹈起来。二十多年以来，我第一次能够真正活得像一个普通人。

虽然我有一技之长，但是找工作一直不太顺利，这甚至有些影响到我的认知。我觉得压力重重，心情低落。书的销售额微不足道，演讲也是断断续续。我不愿意放弃努力，也不愿意重回街头。

每天晚上，我都与埃博妮聊天。我把我的挫败感和盘托出，她仔细倾听，并且负责地鼓励我继续努力。埃博妮很了解我，知道一份朝九晚五的工作一定会让我发疯，而且还提醒我，这一类的工作会影响到我的辅导工作。于是我继续投个人简历，参加网络活动，受邀参加商务会议，虽然常常有些心不在焉。

接下来，在那一年的 7 月份，我受邀前去参加由奈特基金会举办的一次会议，在那儿我遇到了一群人，一群将改变我整个人生的人。

其实，那时候我已经很厌烦跑去参加这一类看似充满了希望和乐观精神的会议，因为每次离开的时候都只会觉得失落和沮丧。我遇到过许多好心肠的人，我和他们曾经面对面或是通过电子邮件，讨论过许多雄心勃勃的宏大计划，可是最后全部不了了之。他们都说有兴趣与我一起工作，帮助我的生活走上正轨，但最后这些承诺全都被证明不过是华而不实的说辞。

在这次的会议中，做展示的是来自麻省理工学院媒体实验室的负责人伊藤穰一，以及来自 IDEO 设计咨询公司的科林·雷尼，他们说想在底特律做一些开发工作。我完全不知道他们有什么来头，反正看着他们站在会议室前方侃侃而谈，我很笃定地告诉自己，这些人与其他那些把底特律当成慈善事业的外地人没两样。他们大概只会跑来提出一些华而不实的建议，比如种个花园或是在破败的建筑物外墙画上花朵图案，好让我们这些当地人无视四周的凋敝和暴力横行的现状，反而感到盲目的乐观，如此而已。

可实际上，他们两个与那些人截然不同。他们谈论的是如何利用媒体实验室的技术和创新，改善底特律街道的照明，提高市区花园废料的使用率，确保这里的人们了解自己呼吸的空气是什么质量。他们想为我们面临的实际问题提供具体的解决方法，而且他们的想法听起来似乎很有吸引力，并且抱着必胜的决心。

不过，听完他们阐述的方案，我感觉这些人所依据的并不是第一手的真实体验，而是媒体经常兜售的那个被美化过的底特律和公众的想象。（这场展示会是在市中心一个精美的艺术画廊里举办的，这叫他们更加看不到底特律的真相。）伊藤穰一和科林完全出自一番好意，他们的想法的确很有潜力，但我觉得他们并不了解真正的底特律是什么样子，也不知道有人正在怀着极大的热情，努力对这个城市做出改善。所以我决定要把自己的想法说出来。我举起手来，说他们的想法听起来很不错，但是如果他们希望自己的努力真的出现成效，还需要把底特律的真实情况考虑进去。

展示会结束后，我走到伊藤穰一和科林身边做了自我介绍。他们谢谢我在问答环节提出的建议，我说只要他们愿意，可以带他们逛一逛底特律，并且介绍一些正在为了底特律而努力不懈的了不起的人。

他们俩彼此对视了一眼，当即接受了我的建议。但他们当天要回波士顿，所以说好会尽快再次回到底特律来。我们握手道别，我能感觉到一件非常特殊的事情即将发生。

大约十五分钟后，伊藤穰一给我发来一封邮件，说他很高兴能认识我。几天后，我受到他们的邀请，去波士顿参观了媒体实验室。我从没去过波士顿，所以对这次的旅行很是期待。到了波士顿后，我先是看到一栋未来派风格的建筑，上面覆盖着整整六层楼的玻璃，不过更让我大开眼界的，却是这栋建筑里面的人们所从事的工作。他们向我展示了可以折叠起来、在城市里停车更方便的汽车；还有一种叫作“麦琪麦琪”的小装置，能够用香蕉或是任何你觉得能与这种装置相连的东西做音乐。这里的创新层出不穷，人们工作起来热火朝天，我的眼睛简直不够看。那天晚上，就在大家一起坐下来吃晚餐的时候，我感觉到，有什么神奇的事情发生了。虽然不确定结果会怎样，但是我真的很想把伊藤和他们团队所做的工作带到底特律去。

在波士顿见面不久后，科林告诉我，他即将带领一队人马来底特律，问我是否可以当他们的向导。我欣然答应。待这一行人到达后，我去了他们下榻的宾馆与他们碰面。看到他们的第一眼我就知道，这些人的确是想要来了解底特律的真实面貌，想看看这个满目疮痍的城市到底有多么复杂多变，想见识它所有的美丽和丑陋。

我们分乘两辆车，从市中心沿着西区的街区，朝格兰德河开去。我们穿过了八英里街，优素福就是在这条混乱而破败的街上长大的。然后，我们继续朝西边开进了珀丽公园，这里是一个高档的中产阶级家庭聚居地。他们看着街边伫立的一栋栋壮观而美丽的砖房，我则谈起这个城市里无处不在的矛盾和贫富差距。我们沿着格兰德河大街继续行驶，在离珀丽公园往西几个街区远的地方，进入了布莱特摩尔，也就是少年时期的我贩卖毒品的地方。

布莱特摩尔几十年来被人们所遗忘，却又因为枪支暴力和非法贩毒高居不下而闻名于世。但这里同样也是一个充满希望的地方。我告诉科林和他的团队，有许多艺术家和公司在烧痕累累的房子和大片杂草丛生的空寂土地之间安营扎寨，正在努力为这片土地重新带来活力与生机。这片城区的花园已经被用来抵制贩毒文化。我们下了车，在四周逛了逛，与当地人聊天，倾听他们的需求和面临的问题。

就这样，我们的车驶过一个又一个被焚烧的街区，从后视镜里我可以看到，他们脸上的表情，从难以置信、悲哀、好奇逐渐变换到充满希冀。在内心深处，我为自己的城市，为那些把底特律当成家园的人们（也包括我自己）感到尴尬并痛心。这好像是第一次，我从一个旁观者的角度来看底特律，看着这座自己深爱的城市是怎么日渐衰落的。

我迫切地想要解释这里社会阶层的割裂，以及我个人经历当中的割裂是怎样形成的。但是该从何说起呢？这个城市曾经一度辉煌，却因为毒品横行、政治腐败和工作机会外流而被割裂，这其中的经过，如何能简单地浓缩在一个故事里？我又该如何言简意赅地描述出在这里成长，却又因为这座城市而倍感压抑的感觉？所以，我最终改变了主意，只是说这里虽然颓废破败，虽然暴力肆虐，却依然充满了希望，有各种可能。**就像我一样，即使经历了街头生活的痛苦、恐惧和种种打击，依然有希望从头来过。希望依旧在，并且永远都会在。**

后记

密歇根州，底特律市
2015年9月

今年年初，在翻箱倒柜地寻找假释文件的时候，我在一个装满了日记、信件和法律文件的储物柜里——也就是坐牢的十九年里，一直跟随我辗转于各个监狱的那个储物柜——偶然翻出一封信。这封信是我的受害者的教母写来的，当时差不多是我坐牢的第六年。看到这封信，我停下了手头的事情。

这封信写于 1997 年 7 月 31 日，那时候的我正处于两种选择之间游移不定：是被本能牵着鼻子走，还是转身拥抱新的可能？我想要改变，可是愿望不够强烈。如果你问当时我身边的那些狱警，他们对我的改变抱不抱希望？他们回答之前肯定会犹豫片刻，不过更可能一笑而过。

可是这个被我的一颗子弹弄得家破人亡的女士却不会。她心中有希望，她相信改变一定会发生，哪怕是像我一样犯下累累罪行的人。

亲爱的詹姆斯：

几天前是我儿子的忌日。我把克里斯[⑧]称作儿子，是因为他这辈子大部分时间都与我生活在一起。你肯定还记得他吧？毕竟你就是那个杀死他的人。

1991年7月28日对于我们全家而言是一个痛苦的日子。那时候，我照顾克里斯的母亲已经三年，她在前一年的12月刚刚因为癌症过世，接着，六个月后，我就接到一个电话，说我们的孩子——克里斯——死了。

他哥哥完全崩溃了。直到今天，他还总说自己失去的不仅仅是一个弟弟，更是他最好的朋友。

克里斯当时有个出生没多久的宝宝，才十个月大。他还有两个女儿。一个现在在上大学，尽管她是一个非常开朗的女孩儿，但是一想到父亲的离世还是会郁郁寡欢。我们大家都尽了最大的努力去安慰她，可是她生命中出现的这个空缺，是别人无论如何也填

⑧ 为了保护我的受害者家人的隐私，此处使用了化名。

补不了的。

我想让你知道的，不仅仅是你给我的家人带来了这许多的痛苦，更重要的是，我想告诉你，我爱你，也原谅你。我怎么能不原谅你呢？上帝爱你，而我是基督徒，所以我谦卑地跟随他的指引。他（在《圣经》里）告诉我说神爱世人，不论我们做了什么，不论我们在自己眼中有多糟糕。不论在何种情况下，我们要彼此相爱。

詹姆斯，你可能认为自己的生活一团糟，但你是独一无二的。上帝会帮助你重新振作起来。只要像个孩子一样靠近他就好。像猫咪一样蜷在他的腿上，让他爱你。他能填满你内心最深处的空虚。

诚挚的

南希

收到这封信后，我能做的就是往前试探一小步。我写了回信，然后南希再次回信，就这样我们通信往来了很多年。不过，她希望看到的改变，却是在我们开始通信后的第五年才在我生命中显现的。

这就是“希望”。当你看到希望的时候，可能显得很傻，很不近人情，很脱离现实。但是“希望”却知道，改变自有其出现的时机，而这往往是我们无法预料的。**我们永远也不**

会知道，一句亲切的话语或一个宽恕的动作，会给需要它们的人带来多么巨大的影响。

我知道生命可能有许多不同的结果，它曾经是那样，但不一定永远是那样。我曾经是一个愤怒而迷茫的少年，被恐惧和贪婪所支配，成千上万的年轻人每天都在犯和我一样的错误。但我们不是天生如此，我们的孩子也不是天生如此。如果他们走上了这条路，仍有回头是岸的机会。

因此我想请你展望一个新世界，在这个世界里，一个人不必纠结于过去的自己，罪行和错误也不会定义你剩下的生命。诚然，在我们现今的时代，警察局仍旧保留着案底，暴力依旧横行，但是，我们可以学着去爱那些自暴自弃的人们，然后一起携手努力，渐渐改变这一切。